程文宗 著

游离文件

空间与建筑的另类阅读

dunamis

广西师范大学出版社
·桂林·

本书简体字版权通过台湾远足文化
事业有限公司木马文化事业部获得

著作权合同登记图字:20 – 2003 – 185 号

图书在版编目(CIP)数据

游离文件:空间与建筑的另类阅读/程文宗著.—桂
林:广西师范大学出版社,2004.1
 ISBN 7 – 5633 – 4321 – 0

Ⅰ.游…　Ⅱ.程…　Ⅲ.建筑艺术 – 普及读物
Ⅳ.TU – 8

中国版本图书馆 CIP 数据核字(2003)第 114363 号

广西师范大学出版社出版发行
(桂林市育才路 15 号　邮政编码:541004)
(网址:www.bbtpress.com)
出版人:萧启明
全国新华书店经销
发行热线:010 – 64284815

北京瑞宝画中画印刷有限公司
(北京市大兴区黄村镇芦城工业区创新路 101 号　邮政编码:102612)
开本:165mm × 230mm　1/16
印张:9　字数:55 千字
2004 年 1 月第 1 版　2004 年 1 月第 1 次印刷
定价:40.00 元

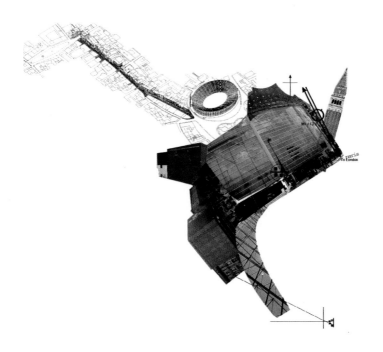

推荐序 > **文艺复兴的幽灵**

　　程文宗自称是一位贫穷的艺术家，事实上，我却觉得他的生活十分富有。

　　程文宗是个从古老绘画中走出来的文艺复兴人，他精通意大利历史文化的精髓，喜爱巴赫的赋格音乐，同时也经常神游于介于天堂与地狱间的幽冥地带。他就像是意大利的老祖宗达·芬奇一般，是个多才多艺的设计师，他阅读建筑，同时也书写空间；他可以从建筑师卡罗·史卡帕谈到服装设计师山本耀司，从雷诺汽车谈到文学家巴尔特的作品；有时候朋友们甚至认为他是不是在意大利研究历史文化期间，被某个文艺复兴的幽灵所附身。

　　《游离文件：空间与建筑的另类阅读》这本著作事实上正是程文宗多年沉浸于艺术、文学以及意大利香醇文化而发酵出的产物。这本著作论及许多关于意大利的设计、建筑、哲学等，补足了台湾多年来对现代意大利文化资讯的空白，对于那些只知道文艺复兴总总的意大利专家而言，这是本值得阅读的另类资料；而对于那些终日血拼意大利名牌的贵妇拜金女而言，这本书更是恶补名牌内涵的重要秘籍。

有时候我觉得程文宗像是一位中世纪的吟游诗人，他经常行只影单地流浪在世界各国的城市里，享受都市异文化的趣味。他比别人更懂得欣赏"游移"的乐趣，本书中，他带领读者去观看巴黎的地铁站、米兰的火车站以及法国与中国香港的机场，从人们旅游中最厌恶的交通空间中，看出各个国家民族的设计精神与速度经验，这种导游的能力，是十分特殊与稀有的。

在我们生活的台北城中，也经常可以看见他游移在市区各个街巷之间，而永康街、丽水街、泰顺街一直到温州街，遍布的咖啡店、书店，几乎就是他平日步行巡航的范围，当然在夜里，这个游移的幽魂也会漂泊到安和路、信义路的夜店与小酒吧。不过这个中世纪的修道院幽魂却不喜欢庸俗的夜生活，他还是具备着文艺复兴人的骨气与品位，同时也懂得欣赏质朴与俭约的美感。他喜欢在深夜隐身巷弄中的小酒吧，在爵士乐声中，轻啜杯中的清酒。他曾经为了夜晚喝酒方便，鼓励邻居一位妈妈在巷子里开一家风味独具的清酒吧，从此他可以不用在夜晚开车出去喝酒，可以轻松地在睡觉前骑着脚踏车去喝一杯睡前酒。

在台北这个虚浮肤浅的城市里，程文宗扮演着一位头脑清醒又不失浪漫理想的设计师；在大直实践大学的校园中，他又是一位教设计思考理论的怪胎教授，在他的笑语言谈间总是吐露着一种布尔乔亚式的文化富有，以及一种属于波希米亚的艺术趣味。我相信像程文宗这种人正是台北城最需要的人，因为他们正在塑造新的台北文化。

实践大学建筑设计学系系主任

李清志

自序 游唱诗人的想像

文艺复兴的游唱诗人皆以一"流动、游离"的形式呈现生命状态，如但丁以其生命精华作一放逐式的苦索及反省，呈现其生命的过程。文字书写有时可穿梭于时间的轨迹，跨越空间之书写与阅读、游走于想望之地；此一书写性记忆的延伸之贯穿，承袭自我所喜爱及推崇的文学家但丁和音乐家巴赫对我的影响，整个状态希冀借地志场域作一纪实性（ducomentary）的陈述。

本书整体的内容是呈现"抽离、游移"的观点，会以"dunamis"一词，如尼采在其《希腊悲剧时代的哲学》〈5．1 一切皆流〉的直观中提及，在以弗所（Ephesus，希腊人在小亚细亚西岸的殖民城市）的

赫拉克利特（Heraclitus），走进笼罩在忧郁中的希腊哲学家阿那克西曼德（Anaximander）所思考的"生成"问题时，赫拉克利特的思虑像闪电般照亮并喊出："我凝视着'生成'（becoming）。"他点出表象世界的直觉思维包含着两个层面：第一，是在面对一切经验中向我们迎面而来的五光十色瞬息万变的当下世界；第二，对于这个世界，使任何经验成为可能的前提，即时间和空间。当一切生成的空间将随水波纹般波动着并消失，时间成为现场纪实（document）的记忆所在，却也仅是个人的辩解（sapio），又如何在个人有限的文字中藏纳无限。在此窃用歌德的语词——"救赎隐藏于有限中"，希冀有限的影像记录给予读者些许精确性的阅读。

内文以米兰、威尼斯、巴黎三个区域为主，而此地段在早期是文化交通汇集之地，于文艺复兴、巴洛克时期更交叠在一起，也是布尔乔亚时尚之所在，书中所推荐的空间场域皆环绕在这区域中。而我喜爱的音乐家巴赫之作品恰可对应这些空间的特质，他未完成的作品《赋格的艺术》，其中FUGA（赋格）在意大利文即"逃离、游离"之意，它呈现一镜射而多重变化的主题，如

同空间场域在时间的流程中呈现多元的意涵，如音符在每一主题中的呈现。书中内容分四个主题——"复音"（polifonica）、"镜射"（reflessione）、"流畅"（flùido）、"无限"（sezalimite）。宛如虚构的建筑空间，也是当代设计的一种状态，即"more with less"（繁复蕴育轻盈），也是我借dunamis以引喻本书的命名"游离文件"。

希腊文dunamis一词源自亚里士多德在《诗学》（*Peri Poiètikès*,技术工艺和艺术用语）篇中出现的用词,用于说明自然和技艺所潜藏的动能或生成变化的状态。它的含义包含：（1）作用于它物或物体本身的运动或变化的动能；（2）物体之接受由它物引起的变化的潜能；（3）导致上述变化的能力；（4）承受上述变化的能力。dunamis包含两类：一类是有生命或附属于生命的（如人的感觉和驱动力），另一类是无生命的（如火）。

在丢勒（Dürer）的版画《忧郁1》（*Melencolia 1*）中，各种生活中的测量器具散落地面，闲置的器具成了思辨的客体，在画中预示巴洛克时期对知识的渴求和学者的研究。和文艺复兴遨游于宇宙是不同的，巴洛克沉溺在书本知识上。在画中，象征土星的金牛慵懒卧于一角，壁上悬挂着代表木星的天秤座和"忧郁"的木星牌匾。远方海上地平线的背景透露出黎明前的光华，灵感就像大地之母内部的宝藏之苏醒，这些皆缘自蕴藏于土星的力量。创造者整个思虑则凝视着角锥状的玄武石，暗喻自然潜藏的秩序结构，球状的石材则象征大地在宇宙中心的完善位置，即思辨的人。这种专注如自然的轨迹。"我凝视着'生成'"代表着画中人物羽化的过程，木星的天秤座代表"游离"的精神状态，丢勒的版画《忧郁1》正是dunamis最好的诠释。

25岁那年，抱着创作的热爱，只身到米兰求学，没想到一待就是10年。其间也写些文章投稿杂志，但皆属自己所学的艺术领域，却对置身于熟识的场域竟未有过描述而深藏于记忆中。直至返台数年后，在《家饰》杂志主编李治辉的鼓励和提供摄影作品及《家饰》杂志编辑部同人的协助，使我得以以记录性报道的形式作一系列的整理。也感谢父母及家人在学习期间长期给予的支持与鼓励。

复音
Polifonica

10 贫穷中的贵族
　　　——Dilmos 空间

14 复制的年代
　　　——Ricordi 唱片空间

20 设计的"场"
　　　——Cappellini

26 无名之实
　　　——Corso Como 10

镜射
Reflessione

38 凝固的简约空间
　　——布朗库西纪念馆 Atelier Brancusi

44 诗学的建筑
　　——古堡博物馆 Museo di Castelvecchio

54 左岸之天方夜谭
　　——阿拉伯文化中心 Institut du Monde Arabe

62 骑士精神
　　——日本文化会馆 La Maison de la culture

流畅
Flùido

74 地底的流星
——巴黎流星地铁站 Paris de Metro

82 记忆的停靠站
——米兰北站建筑 Stazione Nord

92 航站是为了飞更远的路
——中国香港赤鱲角机场&法国戴高乐机场罗丝二楼区航站

无限
Sezalimite

104 米兰的春天
——米兰 Milano

112 诗的城市
——维罗纳 Verona

120 窥视的期待
——威尼斯 Venizia

128 方舟计划
——巴黎拉德芳斯广场 La Defense

贫穷中的**贵族**——Dilmos
空间

diaspora|*游牧*性格

　　20世纪70年代极限主义正流行之时，欧洲也悄悄地流行以形而上学（metà fisico）为基础的物体艺术。由意大利艺评家施琅（Germano Celant）在 1968 年从美国引进、相对于极限艺术①而产生的贫穷艺术（Arte Povero），就是意大利在第二次世界大战后很重要的绘画运动。

　　"povero" 一词原为意大利文，原义为"少的、俭朴、朴质、贫穷"。第二次世界大战后，当时全球是以美国为主导的年代，当代所盛行的现代主义及后现代主义中，极限艺术着实深入设计、建筑、音乐等领域。这种以纯粹、几何结构呈现的美学观，影响了 20 世纪后期的空间生活。

　　1993 年，在威尼斯建筑双年展中，一项名为"形而上的曼菲斯"（metà menphis）②的专题，重新探讨意大利的"未来主义"及俄国的"构成主义"，在二三十年代以后，对艺术、建筑、时尚设计等彼此之间的关系及影响。这次

---

　　① 极限艺术（Minimalist Art）：20世纪60年代使用的一个词，用来形容把一切富于表情和富于幻想的因素都简化成最低程度的艺术，主要以B.纽曼（Barnett Newman）和E.凯利（Ellsworth Kelly）的单色结构几何绘画，其可追溯至罗琴科（Rodchenko）和马列维奇（Malevich）。

　　② 曼菲斯（menphis）：1980年12月，一群建筑师听着布鲁斯（Blues）乐手 Bob Dylan 的唱片 "*Memphis Blues Again*" 的旋律而得的灵感。menphis一词源自埃及的文化古城，也是美国田纳西州的一城市，该城市以摇滚乐著称，是现代摇滚乐之王"猫王"浦里斯利的故乡。该命名由埃托·索撒斯（Ettore Sottsass）所提，作为设计团体的名称，意喻将传统文化与当时流行艺术结合，有种怀旧的布鲁斯、田纳西州、摇滚乐、美国郊区的感觉，然后是远古的、遥远的埃及、法老的首都、神的殿堂。此一想像命名有达达的意味，一方面实现改造旧文明，一方面连接新文化的目的，没有任何宣言，反对任何限制设计思维的固有观念。

邀约后现代主义的"超前卫"艺术家和"贫穷主义"的艺术家，共同提出对艺术与人文社会及生活之间关系的探讨。

迈丁尼在2000年米兰三年展中为雷诺汽车提供一城市概念的作品

展览命题为"新即物"①，这种反省与思考，即由"新未来主义"的设计群负责人亚历山大·迈丁尼②所提倡，并以人智学③的范畴为中心来诠释各种可能性。在1996年，佛罗伦萨艺评家施琅也提出此观点，这种观念也呈现在以时尚来探讨的服装双年展中。同时期的第十届德国文件展④，也开始研究这种弥漫国际游牧性及原始性的主题。这期间，艺术工作者也逐渐走入群众、居住空间，主题性的建筑、家具、公共空间，也开始有它们的语汇。于是在1995年，以设计闻名的米兰都会、世界著名艺术文化区——布雷拉(Brera)附近，成立了以"新即物"为主的Dilmos画廊。

第十届德国文件展中贫穷艺术家的装饰作品

① "新即物"(Neobjects)：objects泛指物体，主要区别工业化的产品之指称，而以他者的客体来叙述，Neobjects由亚历山大·迈丁尼提出，主要是结合物体艺术来就建筑及设计的一种命题(NEO)，NEO即"新的"之意，代表一种新的看法。

② 亚历山大·迈丁尼(Alesandro Medini)：意大利20世纪80年代米兰设计运动代表人物，是阿基米德工作室(Archemia Studio)主要发言人，他在1980年设计的普罗斯特(Proust)扶手椅和康定斯基(Kandinsky)沙发，是设计史上首次对著名作品进行的重新设计。

③ 人智学(Antropologico)：这一名词的词义应为"关于人的智慧"，是斯坦纳(Rudolf Steiner,1861~1925)所创学说，用以区别"神智学"的名词。他的第一批读者即由"神智学"的信徒所构成，他宣称他的学说是建立在超越感觉的严密科学模式基础上的精神研究。"人智学"认为人类目前的智能，产生于早先意识模式，这种意识模式带来斯坦纳曾论及的超越(transcendence)现实的直接经验，把现在在智力方面所达到的明确性和客观性，一一纳入精神概念的新模式中，他称之为"想像、灵感、直觉"，这即是斯坦纳认为人类未来的一项任务。他认为只有通过基督把自己和地球上人类的命运联结在一起的这一事迹，才可能使意识重新复活。他的论述著作遍及教育、音乐、医学、艺术等方面，影响后人深远。

④ 德国文件展：在德国卡塞尔(Kassel)，每五年举行一次的国际艺术展，早期(1955年)原规划为园艺展，后由Herman Mattern建议改为文化／园艺展，后来正式由Arnold Bode规划艺术文件展展览馆，以Fridericianam美术馆为展馆，1769~1779年间增加橘园(Orangerie)展场。

一室之创

Dilmos画廊由三位赞助者促成，即Bruno Rainaldi、Sergio Riva、Luisella Valtorta，而有此构想，是Luisella Valtorta早在1979年在米兰布雷拉区已开创。布雷拉区是米兰最富文化气息的区域，有欧式古董店、百年名牌的绘画用品店、史卡拉（Scala）歌剧院、米兰布雷拉艺术学院等。Dilmos在此处也成了观光客的观光景点，也因此享誉国际。

Dilmos是专注于"机能艺术"的艺术展示空间，Dilmos所强调的是每件家具作品所蕴涵的强大表述和沟通能力，因而作品兼备功能性与表情，不单是一项符号或表征，亦即不单是居住空间的静止图腾或无名的栖息者。此空间不定期提供艺术家个人性的展览或专题展，透过作品重新反省人类对材料、设计概念的惯性提出新的可能性，可能是非美学式的，但在其间唤醒人所遗忘的价值，并非一商品，而是一优雅而完美的形式。Dilmos的艺术家不掠取来自同源的灵感，他们坚守一个观念——创造一个具生命力的居家空间。在一楼及地下室陈列的，皆是国际上重要的艺术家Mario Arlati、Fausto Blasio、Antonio Brizzi、William Xerra等的作品，我们可称之为"贫穷中的贵族"（Ⅱ Povero ma e'Ricchi）。

Dilmos 展场空间　李治辉　摄

米兰艾曼纽玻璃廊道

复制的年代——Ricordi 唱片空间

米兰最好的景点即城市精神中枢——哥特式大教堂（duòmo），此为大文豪马克·吐温所称"用大理石写诗"之处，其右边的通道是 18 世纪的艾曼纽（Emmanuel）玻璃廊道，廊道中央的三角窗口是麦当劳和 Ricordi 音乐中心。两个互异的空间并列，的确构成有趣的广告符码。

"Ricordi"是意大利颇负盛名的音乐出版

麦当劳和 Ricordi 的招贴

社，尤其出版乐谱、LD唱片，在国际皆享有盛名，给乐迷及音乐人嘉惠不少。在面对着日新月异的商品文化竞争时，对一坚持理念的老品牌而言，如何转型是一很大的挑战，尤其紧邻着麦当劳快餐文化的空间，如何充分运用彼此的差异性来呈现，的确必需诸多的考量。

以设计闻名的米兰，"橱窗美学"自有一套和当代艺术结合的设计概念。透过城市，作为人文空间的考量，使艺术工作者如何跨越美术馆、画廊走入群众的公共美学，是当代艺术的主要议题。商业广告似乎也是私秘空间以外更能具现此状态的一种方式，即经由报纸和杂志、电视、告示牌，以及在室内和户外，或空中的飘浮物等表现。它是跨越公众、隐私、都会、乡村的新视觉领域的。国际都会所需考量的，就是期望兼容艺术和商业的可能性。

米兰 Moschino 服装旗舰店长达一星期的橱窗表演艺术

商业艺术 VS 艺术商业

诚如安迪·沃霍尔（Andy Warhol）或罗伯特·劳申伯格[①]之作品，将抽象表现主义的领域推广到艺术文化世界中，没有前例的极致。他们创作的世界再也非画布里的世界，而是一新的自我。安迪·沃霍尔选择将公众议题转化为一视觉符码，而重新呈现在公众空间里，这转换机制遂使广告符号自成一转译性视觉语汇，而所有原创性的文化之形成和决定性的语汇，都将被吸纳到广告之内，而非具现深度性的感知。它是快餐性、短暂性、快速、即将被遗忘的状态，是一种创作状态中虚拟的想像空间。宛如广告之城——拉斯维加斯[②]，广告将墙垣销抹，街道、市容、建筑物与所有支撑物及其空间深度，招贴与广告牌楼的视觉深度，令我们掠入如死水般的超度现实幸福状态（enphorie）。

但令人忧虑的是，这种状态对公共性社区改造与生活经验的冲撞，将难有任何助益，公共性视觉场域也将被埋葬于其间。在这复制的年代中，如何回复到商品原始真实的精神及对公共空间所拥有的时间记忆之维护？一旦开放此创作机制，能否保持建筑原貌而和商业共存？着实值得我们省思。

艾曼纽走廊是世界上最古老而雅致的玻璃廊道商店街，街道两旁皆是四层楼高的古建筑。为了保持建筑物古风貌而并存商业广告的特性，店家将空间有效地再利用，使这里成为创作者值得发挥的展演舞台，也使我们置身于一当代艺术的语汇中。

"Ricordi"意大利之原义为"记忆、反复"，作为出版社之命名，点出公司的精神，如书籍的出版、唱片、影带、乐谱、海报，皆属重复性印制创作的复制品。由于该公司的LD古典唱片出版品也有数百张，此次的空间规划以唱片封套的封面人物影像来重复空间，用重复、复制的

Ricordi 的装置空间

① 罗伯特·劳申伯格（Robert Rauschenberg）：1925年生于美国得克萨斯州，就读于堪萨斯，1946~1947年于巴黎朱丽安学院，1928~1949年在黑山学院，追随阿伯斯（Albers）从事创作，1953年抵达纽约，1955~1963年与康尼汉（Cunningham）舞团合作，1953年开始尝试在复合性绘画中加入拾得的各类媒材。

② 拉斯维加斯（Las Vegas）：60年代，Las Vegas是在莫耶维大沙漠（Mojave Dersert）的一新城市，由Rohert Ventari规划出一带状形街道空间，沿途街道的招贴看板成为当时都会规划的典范。

概念装修橱窗店面空间，使单纯的空间转译成视觉符码的艺术性空间。

这种处理来自安迪·沃霍尔的原始概念，如其在《从 A 到 B 及其重复：安迪·沃霍尔的哲学》一书中言及："商业艺术乃艺术的下一个阶段，我由一位以生意为目的的艺术家（comercial artist）开始，到最后，希望以商业艺术家（business artist）终止。在我创作开始被称之为艺术或任何其他名称的作品后，迈入商业艺术品创作期时，我想要作为一艺术商人或商业艺术家。善于经营商业是最美妙的一种艺术……赚钱是艺术、工作是艺术，好的商业是最好的艺术。"事实上，"视觉艺术"的发端和安迪·沃霍尔有很密切的关系。

Ricordi的装置空间

复制的狂想

在古典艺术中，米开朗琪罗、拉斐尔及鲁本斯（Rubens）等，他们几乎完全投入委托案的创作。创作对他们是一种工作，这状态，恰如安迪·沃霍尔的复制性版画作品，即可了解它代表"艺术品是最世俗形式"的真实状态。康宝浓汤①商品系列的包装，呼应着艺术性物体②的评论准则，即表现安迪·沃霍尔不仅运用现成物③的逻辑。

如杜尚（Marcel Duchamp）之命名为"喷泉"的尿盆作品，很巧妙避开日常生活形式，却又反讽地呈现着真实现象，亦即在艺术体

---

① 康宝浓汤（Campbell Soup）：美国一家罐头食品厂牌。1869 年，生果商人约瑟夫·康宝（Joseph Campbell）与冰箱制造商亚伯拉罕·安德逊（Abraham Anderson）在美国新泽西州的卡姆登（Camden）开始合伙经营，主要生产豆类、番茄、蔬菜、果冻、调味料等罐头。安迪·沃霍尔即替他们设计 CIS。

② 物体（object）：这个术语早先是超现实主义所使用的，他们把艺术品，无论是发现的或制造出来的任何奇形怪状的富于浪漫色彩的或粗制滥造的小摆设，从 20 年代后期都广泛以此称之。

③ 现成物（ready made）：艺术家杜尚在美国使用的话语，用来形容他的那些供展览及类似意图的不伦不类荒诞的手工制品，如 1917 年所供的名为"喷泉"的作品，用陶瓷便壶为材料，以达达派处理手法来表现。

系中取代艺术自主性时，在新观念艺术①
与新极限艺术②作品中，俨然隐藏着经济
结构语汇及当代商业的合法行径。这种
"现成物"的提出，选取毫无特质的日常
用品置放于特定空间，产生另一形而上
的语汇——此即贫穷艺术的概念。

　　1992年于米兰有一个命名为"生命之
钻"（La Diamande de la Vie）的艺术展
览，这个由雷诺（Renault）汽车公司赞助
艺术家的作品展，会场汽车展示的方式，
都不会被误解为一现成物的艺术品，它就
是一真正的汽车，并且如此展现于空间
中。这种设计，在规避展览中"艺术空间"
与"日常生活空间"的区别，意即日常生
活与艺术体系，愈不互相隔离成为不同体
系时，则愈能在主题内容与表现互换、互
动下，形成共同特色。

　　回顾80年代初期，美国的"涂鸦艺术"③
对公共空间的主动，也相对避免了娱乐工
业和广告代理商掌控艺术界的潜能。就政
治角度而言，可能更权威，却也可能沦为
一种文化消费。此刻，艺术家无形中将丧

杜尚的《自行车轮子》复制作品

① 新观念艺术 (New Conceptual Art)：从观念艺术延伸出来，是80年代艺术家以新的概念去区别在60年代发生的观念艺术。观念艺术
是抽象的或象征的前卫视觉艺术，它十分强调内容并故意忽略形式，将一些日常的媒介，如霓虹灯、地图、文字散文、照片和人体、泥土、布
料或废物任意加以组合，鼓励观众参与的装置，很单纯的企图，传递一种资讯，很自由的表达，而非情绪的、非美学的，而矛盾的是这些产
品皆称为艺术品，一种专注执著扩大或突破艺术概念的一种态度，是现代运动 (Codernism)迄今所产生的虚无主义的一范例，艺术家有吉尔伯
特与乔治 (Gilbert and George)、雷维特 (Sol Lewitt)等。新观念艺术则以较科技素材光鲜的概念来传达，如昆斯 (Jeff Koons)的作品《猪》
即以做爱的公猪与母猪为题材复制出一媚俗的作品。

② 新极限艺术 (New Minimalist Art)：极限艺术见10页注①。而新极限艺术，是80年代艺术家们追求极限艺术这种几何低限结构，以
雕塑或装置空间来呈现，以D.贾德 (Donald Judd)、R.莫里斯(Robert Morris) 为代表。

③ 涂鸦艺术(Art Brut)：由一些非学院派的画家或精神异常之人，如儿童般乱涂乱写，是一种不和谐的，也是一时冲动的或者模仿这类作品的艺术。

失其主导地位。

　　一位为广告公司工作的摄影师，可能比艺术家更得以有发挥表现的舞台，诚如班尼顿（Benetton）的广告，给艺术工作者很大的启示和反省。1990年，米兰的Inga Pin画廊和阿姆斯特丹的Torch画廊，提供一新的艺术观点——"商业交易为一种艺术"的主题展——命名为"90年代之艺术：商业艺术，猪与甜点——建筑？"的展览中，以新波普①的昆斯的作品《猪》和设计师迈丁尼的作品《甜点》为例，即以建筑来论述90年代的视觉艺术风潮，宣告橱窗、广告、公共空间将成为艺术家新的展演空间，艺术家竞相创作复制表演，因此90年代也可称之是一"复制的年代"。

---

① 新波普艺术(New Pop Art)：延续20年代波普艺术(Pop Art)的精神所产生的。波普艺术源自艺术中的大众(popular)一词的缩写，以保证迎合取悦大众而使用的美学和象征性的作品，它们主要考量以商业性为基础。此词是一种民间概念，也掺杂新的工业化的意味，所以不同于德文的"Volkstumlichu"，也非法文的"Populaire"，是盎格鲁萨克逊的术语艺评家L.阿洛维(Lawrence Alloway)50年代中叶首先使用的术语。泛指描绘旗子、电动电唱机、包装、连环漫画、徽章之类的作品。后来发展成为美国工业的观赏装饰品和超人Batman及M.门罗(Mari lyn Monroe)的民间流行象征符号。而"新波普艺术"则将作品以既有物体复制且放大，或以资讯传媒来呈现。

设计的 "场" ——Cappellini

位格风格

　　"命名"恰如"命题"，是常困扰设计师的问题，而见诸名设计师，皆以其本人经营理念而命名，惯常单纯的以设计者本名来指涉其作品，恰如个人身份的认定，即"person"的词义——意味"个人"的称谓，而非"men"——"人"的称谓。person 有着个人"位格"的意涵，亦即身份价值的确定，此也是诸多设计者对其作品品牌的命名之定义及对个人价值的确认。在东方反而非如此命名，较多以系统的象征来确立新的称谓。有时我们也可在西方的品牌中，发现由于第二代

Cappellini 的产品

的传承以致分家的情形。如 Armani 家族，因此划分成两个品牌；另外也有因商业机制的需求，而转变成新的意涵。

成立于 1946 年的意大利家饰品牌——Cappellini(简称 CAP)，他们在早期以建筑别墅起家，于 1960 年开始生产家具，而以建筑线条简洁的构造工业设计闻名于世。其一切原以 Giulio Cappellini 设计为主，但因不同商业需求，分别创立 Cappellini International Interiors、Progetto Oggetto、MONDO 和 DAL MONDO 四个商标，其后在 1994 年于米兰设立 Lagazzini Cappellini 百货公司，1996 年和厨具制造商 Boffi SPA 合作新的厨具，在 2001 年正式对外行销。

在此我们可以窥见，Cappellini 有意建构属于一生活空间的设计文化工厂，我们在其旗下如 Jasper Morrison、Tom Dixon、Marc Newson、James Lrvine、Ross Lovegrove、Rodolfo Dordoni 及 Enrico Frazdnin 等设计师的风格中，可知其品牌设计中心思想，有着引领设计风格未来走向以及设计趋势的领导地位。

Cappellini 的产品

在 2000 年的米兰家具展中，Cappellini 将整个展览重心着眼于会外展，并和法国国家工业设计群——"Via"，共同找一个闲置的工厂为展场空间，作为他们对产品的企图，也点出产品的实验性和实用性。为了在艺术美学及工艺美学中求得平衡点，他们大胆运用几何的构思，以强调线条的和谐，并采鲜明的色彩，营造出超现实主义（surrealism）的样式和前卫主义（avant-garde）的遥不可及。

Cappellini 很明确点出设计的精神，即寻求材料（materiae copils）、使用材料（materiae rationibus perficiuntur）和构成（structuris），这种由传统工艺、手工的理念而发展到工业化生产——"farblic"（工厂）的概念，主要强调他们使用材料的能力，而以工厂为展示场所，的确点出作为一制造者所秉持的信仰。

Cappellini 的展场空间

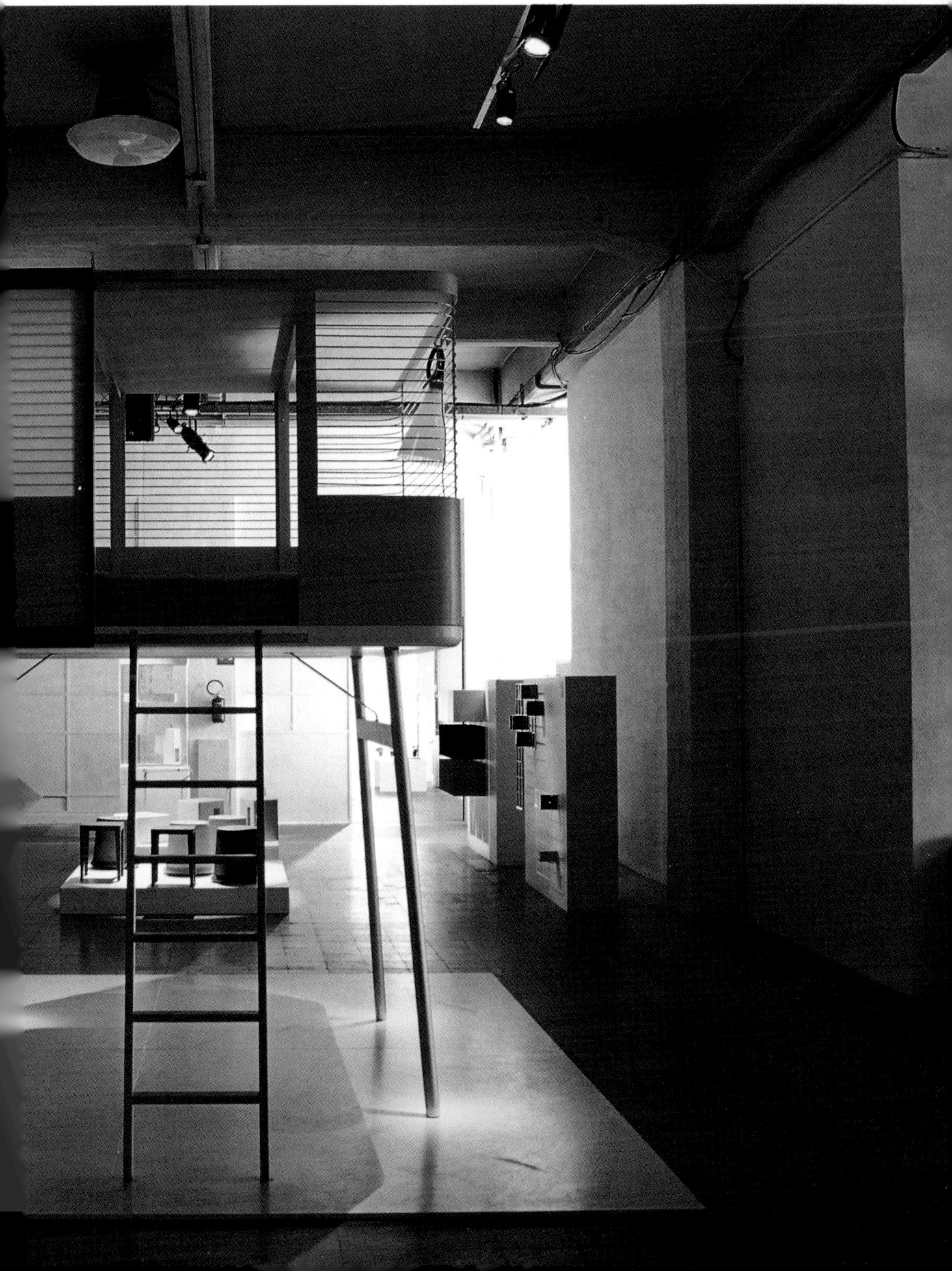

设计之玩味

在展场中，我们可以看到设计空间的规划，主要着眼于"乌托邦式"文化工业设计的想像国度。整个以多重色彩的纱质布幔来区隔，色调呈现东、西方混合的宁静及梦境式的调性，地景则用圆形镜面钢片的装置来表达视觉上遥不可及的想像。由于冷调性的钢质材料配以Cappellini的多元化工业产品，使产品语汇更一致，使空间布置避免因产品的多元化，而显现出展场的混乱。

在照明的部分，以其自身出产的灯具产品来规划，造成空间的趣味性。由于空间视觉区隔，主要以垂吊物的柔软材质来呈现空间之轻盈，相对于产品的简约线条，两者间的易位，构筑成一种对称的平衡感，即冷硬直线对应轻柔、软调，可以说利用产品材料之特质转换了空间的主体。

产品的"形、色、材"则消隐在空间中，化为空间节奏性的音符元素，使我们在阅读时，可准确地找出每一产品的特色，这种空间陈设的运用，的确值得我们学习。此一规划设计由Jasper Morrison负责，整个以产品的形态来呈现，共分31个区域。会场中，也由"Boffi"提供自己的产品，建构一咖啡吧台，来使观赏者有一休憩的场所。在此我们可窥见，从一建筑设计的设计师到产品设计的追求、设计理念的呈现，集结了意大利生产技术建构成的一设计文化工厂——"Cappellini"。这种文化工厂被设计界尊称为"无声的品质"，即不以产品为绝对的概念，却以重于"质感的升华"为追求的方针。

宛如在会场中，品牌的命名有如命

Cappellini 的展场空间

题一般，在此我们可看到多元的生产机制。和谐的、自然的整合在一起，它再次呈现意大利在手工艺及工业制造方面的专长及设计美学的包容性，我们可称之为一设计的"场"——Cappellini。

Cappellini 的展场空间

无名之实——Corso Como 10

城市符码印记

20 世纪末，当代艺术与设计，彼此之间存在的语汇系统，及物体的实用性和纯粹性，两者间的界限正逐渐把我们推向一无可逆转的危机之中。无论个体或全体，所认同的信息是一无限的观点。但由于资讯的发达，大众传媒的神秘性也宣告瓦解。世人开始面对着原始社群的狂热及自然语汇产生的迷人空想，反而有一种狂热正在逐渐蔓延着。城市沙漠转换成有活力的丛林，在其中，谁都可以自由地去发现物件、产品，想望和用肢体动作在此城市空间中，穿梭交流、自如自在。以此来形容米兰都会中的"Corso Como 10"的空间，会给我们如此深刻的印象：它提供一交流对话的可能性以及符号和色彩上的原始主义，它呈现着宛如都会部落的技术性复古主义的风格。

此空间由 Carla Sozzani 在 1991 年设立，Carla 是 *Vogue* 杂志的资深记者，在米兰从事了 20 年的流

行资讯报道。整个空间是由原来的雷诺汽车修车厂改建而成，经由美国艺术家Kris Ruhs的创作风格改建，以编织纹样装置的一人文空间。此空间区隔成：一楼是餐厅、咖啡酒吧、服饰流行专卖区、居家用品专卖区，二楼则是影像展场、Carla Sozzani画廊，以艺术、建筑、时尚设计为主题的书店及爵士唱片空间等区域。

　　创办人以其个人从事时尚报道工作多年的经验，很严谨地提供给米兰都会人另一种生活品位。从听觉、视觉、衣着乃至饮食方面，都有其独特的想法。这种想法以都会的符码——"Corso Como 10"（即展场空间的地址）为整个CIS，空间语汇皆以此为发展，整个设计手法由Kris Ruhs规划装置完成，而其能精确掌握流行信息，也归功于其姐姐Franca Sozzani（*Italy Vogue* 总编）的鼎力支持。如何形容这位在米兰的传奇性女士呢？宛如她所说："我喜爱极限主义的概念，但我无法体认它所营造出的信息及你所将拥有周遭的你。"

　　进入整个展场空间，不禁忆起在80年代超前卫艺术的评论家欧利瓦（Achille Bonito Olival，罗马建筑学院教授、威尼斯双年展策展人），引用"过渡的前卫"（transavangarda）——"将那拆毁的现存状态重新组合起来"，如俄国构成主义①使复杂的东西产生于简单、几何的造型，透过陈腐的物件，创作者运用

众人非习惯性、非熟悉的方法吸引观众，运用日常生活中常见的形象或语汇来表现形式内容。

Corso Como 10入口

---

① 构成主义（Constructivismo）：在立体派绘画盛行之际，俄罗斯朝向构成主义发展（1914~1920），它是一反古典垂直、水平静态构图之绘画创作，而转化为有律动的动态艺术（Kinetic Art）以及应用在印刷、建筑和工业生产的设计。

Corso Como 10入口广场的铁编椅及庭园

小咖啡酒吧

小咖啡酒吧手绘图

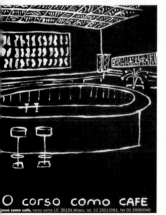

文明的原味

广场左侧，Kris Ruhs的铁制编织造型的坐椅，置放于入口广场。该处有摩洛哥风格的咖啡酒吧，室内空间约13平方米大小，宛如进入浪漫派画家Caspar David Friedrich画中的森林，树形的结构与烛光的交织，像网络系统之建构、如音乐般律动，啜一口拉丁情趣的调酒……这种将建筑原有结构的重现（deconstruction），宛如丛林般的嘉年华，显现出戏剧性场景：我得以真实地生活在此空间中。

在白昼、黑夜、寒暑的转换间，建筑物披上虚幻的面纱，这也是欧利瓦所强调的。使用建筑体之原型，透过建筑元素，寻找地方的风情或探讨文化与考古学方向。在此探求可能存在的表现形式，与利用异文化的装饰形象来塑造部落的趣味。它强调一种建筑静止不变时，如何将超物质的精神升华（dematerialize）。此种重组、分解的场景，来自电影、电视的视觉语汇，使其和人亲近，令人置身于可流动的空间。我们可从18世纪威尼斯风格及19世纪浪漫主义之中强调理性的"幻想多变"（caprice），亦即透过生活体验，才可能有效转换建筑的魔力。这也可说是后现代主义的New Age风格。总之，在这个城市中充满着"可放逐之所，又何必远走他处"。

在烛光隧道中，有耸立的烛台和原始图腾的树枝状造型。这些反复的形式辉映在彩绘玻璃上，及由光线透进的光影线条，它们构筑成如网络世界般的空间。你也可想像，现代都会的原始部落的茅草屋之样态，虚拟状态，却和大自然共生。圆形的吧台间里提供的是主人精心调配的素食主义菜单，融合亚洲的禅学风格和土耳其式的趣味，总之是 New Age Style 的饮食观——"有机的、精致的、健康的、东方主义禅学的"极简睿见，象征威尼斯"布尔乔亚式"的贵族生活，以米兰的物价而言，它可是值得消费的。

　　营业到凌晨三点的餐厅，对于米兰夜生活而言，是很好的消遣用餐的地方；夜晚的烛光晚餐和灯光构筑的气氛，使你进入印度风的空间意识……空间的物件皆由手工打造，洗手间的活动门面"贴金箔"的处理，在各角落皆具现一种时间记忆的沉思；有手感的铸造正令我们错愕于现代与古典之间的进程；所谓东方与西方的分野，大概是归之于艺术家的创作。整合彼此差异，我想这正是人类的一种古式乡愁（nostalgia）。

室内餐厅　李治辉　摄

光影之虚拟

米兰 Via della Spiga 区，老旧的街墙，18 世纪的建筑，罗马式的凯旋门，Corso Como 10 在此区是设计师、艺术家追求灵感的区域。夜间的活动更是多元化，Hollywood Disco 酒吧是模特儿、艺术家、设计师、导演的交流中心，也是带动流行的场所。隔壁百年历史的 Pizza 餐厅是用膳之所，深夜后，回返"Corso Como 10"的餐厅吧浅酌，它不仅是休息之所，也是视觉上的享受场所。

狭长的廊道，穿插陈列 Paul Smith、Jean Paul、Gaultier、Martin Margiela、Huml Long、日本山本耀司（Yohi Yamamoto）、川久保玲（Comme des Garcoms）、Prada等品牌的物件。陈列的装饰架及灯具皆由 Kris Ruhs 制造而成，艺术家也着手其雕刻性的作品，成为实用首饰造型的依据。

此处的空间是采光较弱的区域，但 Kris Ruhs 塑造"轻"（lightness）的装置，来化解此区域空间的沉重。流行的服饰物件给我们视觉上如抒情诗（lyric）般的律动，使我们有如在空间情境阅读。此处的秩序是一种镜射性的投影空间，参观者如进入虚拟的想像性光晕（l'aura imaginaire）中。

服装屋子空间 李治辉 摄

居家 Habit 空间 李治辉 摄

　　"复制、相似性"是一梦想，人如同置身舞台的效果。这种模拟的投射，正好是具现服饰流行资讯最好的表现手法。所挑选的名牌服饰之款式，以"素、雅、轻盈、流线"服饰美学为考量，更强化空间的有机性转化，我们可称之为一种反形式主义（Anti Form）的思维。灯具的垂吊如风铃般寓意着梦境，制造出光影投射，呈现出一种空间的解构性，也是融合东西方特色的世界文化共同体。

有机的Habit

Green House 是此区域的特质，物件①代表着自然、素朴的东方风格，野口勇②的造型灯、轻盈的线条，加强了整个空间的活泼性。"green"代表着"再生"、"有机"，是这个空间所要呈现的，也是主持者所呈现的特质。

一种极简、朴素的优质产品，这些经过筛选后的产品有的来自印度或东南亚等国家。巴尔特③言及：文化的双系统，"一为衣着系统，另一为饮食系统"。衣着系统代表着人类使用空间的行为，饮食系统代表着生活的元件及意识。而此区域，正提供我们在文化工厂中之生产制造回复到半手工的机械年代。

此处的物件以"habit"的消费符号，即拉丁语"habe"（具有、特有）引申为"癖好、习性"，这也是19世纪以来，浪漫主义的"波希米亚"④文人，继承贵族的气质和乡村的哥特式骑士精神。他们既接受又反对工业和市场扩增的梦魇，对此做一种消极的抵抗及肯定。他们崇尚哥特艺术（如教堂）具有伟大矛盾之美，即把纯粹的建筑和纯粹的自然主义结合起来，所有都是对立的。

纯粹的线条和迷人的色彩，有着崇高之感和象征主义的优雅，它融合着一些朴素的物件，是一种宁静的信仰状态。这种矛盾态度的对立美学，正是媚俗⑤的发端，一种追求流行而反机械式生产的追求。在此区域的habit的亚文化产品，正是代表着"New Age"信仰者的追求。

---

①物件 (objects)：T.S.艾略特 (T.S.Eliot) 在1919年他的随笔《哈姆雷特》中创造的词，用艺术形式表现激情的惟一方法，是找到某种客观相关物，亦即找到能够成为那种特殊激情的公式之一系列物体，一种情况或一事件。

②野口勇 (Naguzzi)：日裔美籍艺术家，主要以雕刻为主，居住在美国长岛 (Long Island)，在此有个人的美术馆供人观赏，而其发展纸制状似雕刻作品之灯具，影响当代时尚设计空间。

③巴尔特 (Roland Barthes, 1915~1980)：法国结构主义重要作家，其评论作品主要在语言符号学、精神分析与人类学等方面。

④波希米亚 (La Boheme)：该词由马克思在其文章中使用，从已经消失的波希米亚来描述波希米亚人的状态，以戈蒂耶 (Gautier) 与奈瓦尔 (Nerval) 笔下的小流氓，或波德莱尔时代的无产阶级为代表。他们生活不固定性，而以小酒馆为密谋之处，过着自我放逐的生活。

⑤媚俗 (kitsch)：在米兰·昆德拉的《小说的艺术》之中，有63个词对kitsch解释为"拙劣艺术" (art de pacotille)，它更是"趣味贫乏"之代词，也是一态度行为。它对媚俗者是种需求，即希冀凝视美丽谎言的镜子。此词句和19世纪感伤浪漫主义紧紧联系着，也是法国人常用的语词。

听觉 VS 视觉

唱片及书屋之空间　李治辉 摄

二楼的小储藏空间转化成照相展示空间，约12平方米大的区域，一把Kris Ruhs设计的坐椅（Cappe-llini已量产），粗质的白墙，对着门的另一个场域则是一书屋和唱片的空间。整个玻璃窗以一种装饰手法来表现，用生锈的铁件呈现出有骨有肉的外观，以反形式的空间呈现来强调"前卫"（avangarda）精神，即以展售时尚设计的书籍为主，作为对过去、未来、新旧的反思。而空间中的坐椅，则是以六七十年代流行语汇为代表的时尚坐椅，以表示对过往设计者的推崇。图案的装饰以非洲、东方主义为基调，空间的律动性之符码，暗喻该区域以爵士音乐和New Age音乐为主。这些音乐的精神发端于非洲的黑人音乐及东方音乐，这使我们置身于听觉与视觉的知识体系中。

DON MC CULLIN

影像展场　李治辉 摄

"我们犹如站在人类新探讨的边缘"，不得不自主性地选择这种形式的未来。在流行歌曲、MTV中，新浪潮、新浪漫主义、新时代风等不一的称谓，我们可称之为风格（style）——"个人拟像时代"，也可视之为"无名之实"的时代，也是 Corso Como 10 的命名之始。当人类由农系社会的普罗旺斯到解构后的资讯时代，我们生活在过度景化的商品中，渐次从精神上和物质上拉开距离，将物件作为肉体的投射。人类借"遗迹"和"图像"来唤起自己的记忆，把自己拉到自我精神的底层。当我们驻足于此，便会回到一个文化中的暗室重新来对焦。

另一区画廊命名为"Carla、Sozzani"，是惟一以空间塑造者之名命名的区域，象征负责人对艺术的尊重。展场是一片素简的白。依据艺术创作者的需求而重塑此区域，是最没有性格的区域，只保留建筑旧有工厂形态的隔间：约160平方米的区域是前卫艺术的记事本，它呈现各种物质、材料、元素的可能性。我们可称之为"文化工厂"，即一切从人的自主性、意志力实现理想，塑造自我的流行语系。这部分展场空间也是Carla最初发展出此一概念的区域。这十年来，如经理 Francesco Resta 所言，它提供的不仅是米兰的精神生活，也唤醒了年轻人对创作的热情及追求的勇气。如以文化工业来形容它，的确是由原有废弃修车厂转化成制造创造者的"文化工厂"。

镜 Reflessione

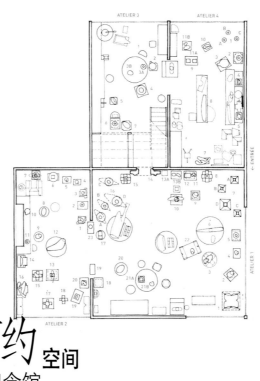

凝固的 **简约** 空间
——布朗库西纪念馆
Atelier Brancusi

空间场域 纪念物

"纪念物"可以说是种神话，它提供给我们诸多的想像，是文化中很重要的资产。在城市中，各项历史性元素——石材、砖墙、图像，皆为公共空间中不可或缺的条件，如将居所环境和人置放于这一存在的空间中，并不意味着这种几何体系之安排，能够构筑出人的生活秩序。

卡尔维诺曾在其作品《看不见的

城市》中提出了对"城市"的概括:"城市会是一空间,它包含着无数空间定位的意义,以及在它上面将发生的所有过去印象的地点。"或许能给予城市建筑些许"神话"亦或是"诗样"的延展叙述,使城市逐渐演化成有过往历史记忆空间的结构。在文明化的仪式中,"纪念物"将可转化成场域之历史建筑、纪念样式或存放着时间性物件的美术馆。"物件"转译成纪念性的永恒之物,也提供对唯美过往场域的教育性功能。

布朗库西(Atelier Brancusi, 1876～1957)雕刻纪念馆,坐落在巴黎蓬皮杜艺术中心右前方广场。1993年,巴黎都市开发局为解决蓬皮杜艺术中心停车问题,而斥资1.2亿法郎规划地下停车场,同时增建规划该纪念馆于广场北端。建筑物于1995年施工,1996年落成,为了追念布朗库西这位伟大的雕刻家,也补实了艺术中心,呈现艺术工作者创作场域之展示,让人们体认艺术工作者在工作室的工作状态。

原布朗库西的工作室在纪念馆中还原

艺术家 VS 简约主义

早期木雕原始风作品

布朗库西是罗马尼亚的法国雕刻家，出生于罗马尼亚以木艺工艺闻名的乡间，1895～1907年间，就读工艺学校和美术学院，1904年到巴黎，1906～1907年师事罗丹，影响其尔后的创作形式，也开始了他的创作生涯。其作品在"纯粹艺术"及"物体设计"两者间，用形式表现现代观念，这对后人有着深远影响。

布朗库西逝世后，其家族将工作室赠给法国政府。起初，法国政府在国家现代艺术馆中重现了这个工作室，1996年布朗库西纪念馆落成后再陈列于此。在此一工作室中的展示空间，有诸多完成和未完成的木雕作品、石膏像、大理石石雕及青铜作品。

他早期的作品，承袭罗丹的创作风格，如《未完成的作品》（*Fragmentation*），即在体块中泛现一具象的形，以表现塑体的积量；其晚期风格则走向毕加索绘画中的原始主义（*primitiveting*），如作品中《沉睡的缪斯》（*Sleeping Muse*），一个以颊平靠的头，将一有机的形体简化成完美无瑕的作品，使原来的形体呈现出概念性意象，这种意象主要来自他们简约的完美至善，此时期作品遂代表着巴黎的"简约风格"之开始。

曾经到过布朗库西工作室的参访者，皆惊讶于创作者将自身沉浸于时间的宁静中。他对材质的热爱，主要渊源于其成长的环境，对自己的祖国（罗马尼亚）文化有着无以言喻的乡愁。木材材质是其信仰的媒介,如同"无尽之梁"(Endless Column),单一材质却有着多样变化,它跳脱光滑雕塑之震静效果,而呈现出宁静,在反复中自然统一。布朗库西颇热衷于木料、石材及平滑的面体,他最早为现代艺术的观点界定范畴,将现代艺术经由材料设想而转化,也为简约主义提供一个发展的方向。

明室之始

极简的展场空间

极简的展场空间

　　纪念馆建筑体的规划,出自于蓬皮杜艺术中心原设计者——建筑师皮亚诺(Renzo Piano)的设计,纪念馆之构思由"记忆"(memory)的概念来建构场域。拉丁文"memoria、memor"意味着"复制"、"再认识"、"回应"、"镜射",建筑以此来重现视觉记忆影像的"明室"。而语汇中,以布朗库西的《时间之鸟》作品为主轴,作为展场视觉的中心场域,一种极限而凝结的空间。运用玻璃帷幕建构空间,构筑成虚、实的镜像,使观赏者在其间环绕,显现出自我的对视(introjetim),即拉丁文intro(内)、jacere(投射)。两者在作品的形象上,吸纳于自我和超自我的无意识中,呈现一宁静而空白的时间体。

　　皮亚诺在材料上运用素、简、自然的材质,呼应物件的"延续性存在"(being),以此强化时间记忆之"盒"(box)的联想。将惯用的材料还原到一抽象的存在,以色彩、材质、积量、空间诸元素，重建单一性的组合（ensemble）的一种氛围（aura）。

运用玻璃材质，它如凝固的液体及容器般的阻隔体，引导我们在这凝结的空间中，观赏创作者的作品陈设，宛如我们透过水晶球看到在虚幻空间中，艺术家魔法般的神话。皮亚诺将米开朗琪罗在米兰斯弗扎斯可古堡（Castello Sforzesco）的《未完成雕刻》①作品中所提出的"凝固空气氛围"，运用光影雕刻的表现手法，呈现于该纪念馆。运用《时间之鸟》雕刻的简约造型之镜射印象，令我们驻足于作品前，沉浸在空间和作品中，产生刹那的永恒；也是我们重新借由皮亚诺的设计，还原布朗库西生前生活的诸多联想，也为蓬皮杜艺术中心提供了一个活的资料库。

① 《未完成雕刻》：此作品为米开朗琪罗生平最后的作品，留在米兰斯弗扎斯可古堡，传说雕刻此一圣母Santa Maria作品时，未来得及完成他就去世了，因而后人称之为"未完成雕刻"。罗丹因见到此作品而得到启示，得以创作出《巴尔扎克》伟大雕像。

《时间之鸟》作品

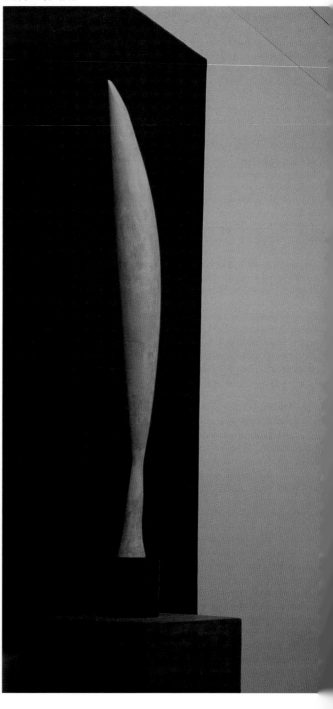

诗学的**建筑**——古堡博物馆
Museo di Castelvecchio

维罗纳诗的故乡

　　城垣构成的圆形墙面，是由当地
特有材质——粉红色石灰岩及红砖砌
成的，它们交错堆砌在玫瑰红色调的
光晕中，是城市的特色。于暗夜中，城
垣沁出音律(lìrico)般之声，"维罗纳
(Verona) 之名将为世人所知/在这城的
历史上再也无人会被缅怀/宛如那真诚
而忠贞的朱丽叶"[①]。莎翁笔下的蒙塔驹
(Montague) 即预言维罗纳是诗的故乡。
　　市民优游于圆形的中心地段——

[①] 语出莎士比亚《罗密欧与朱丽
叶》英文版之138页之第2、3行。

"Anfiteatro Arèna"竞技场，它建于公元30年，是意大利三大古罗马竞技场之一，如今已是露天歌剧院。在莎士比亚笔下的蒙塔驹及卡皮雷家族，由于宫廷派和公爵派的权力斗争，构筑了罗密欧和朱丽叶的殉情事件。私秘花园供人景仰，庭园墙面遂成为恋人们的许愿之墙而任人涂写，成为当代涂鸦艺术之景致，驻足于此，令人有诸多的矛盾与感叹。

维罗纳城的兴起，始自1263年的Scaligeri家族，其统治长达127年，在康·格兰德(Can Grande)一世统治下，城市逐渐有其风貌。意大利语文之父——但丁[①]，其令人歌颂的

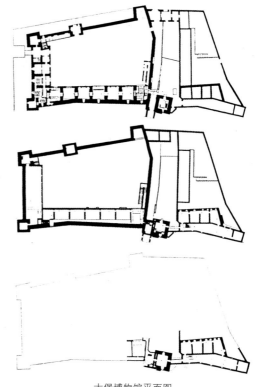

古堡博物馆平面图

《神曲》之"天堂"，即是献给康·格兰德一世的。1301年，但丁逝世前，将其作品献给城市，供后人凭吊；尔后康·格兰德二世于1354年在阿迪杰(Adige)河畔建立古堡(Castelvecchio)。阿迪杰河是意大利威尼托[②]区通往德国之通道。古堡除军事用途外，也可在有叛变发生时，隐身于堡内以防不测，但万万没想到，康·格兰德二世却被自己亲兄弟刺杀，给"美丽的维罗纳"城市，遗留下悲惨的诗篇。大文豪歌德在《意大利纪行》中描述此城堡颇多，古堡也更具文学性的地标，也使得威尼斯出生的建筑师史卡帕(Carlo Scarpa，1906～1978)，由古堡博物馆改建案，建立了国际的声誉。

① 但丁 (Dante Alightieri, 1265～1321)：意大利伟大诗人，生于佛罗伦萨，为律师之子，受洗名为杜兰特 (Drante简写为Dante)，他统一意大利的语言，其著作《神曲》(Divina Commedia)为世人所称颂。

② 威尼托为意大利北部和东北部一区。

解构性思维　凝视建筑

在威尼斯长大的史卡帕，青年时期，即就读美术学院和建筑学院并取得文凭。1948年，建筑学院院长萨孟那想要重塑一意大利式的包豪斯，威尼斯出生的史卡帕是最好的人选，威尼斯之整治方案，遂由史卡帕逐一完成施工。1951年，史卡帕在威尼斯和赖特① 会面，使其受赖特颇多影响，古堡整建案则开始于1956年，至1964年完成，长达8年。

古堡本身在历史上之文学性及维罗纳的人文背景，都是其面对这些素材必须考量的，诚如史卡帕在1978年于西班牙马德里演讲中，回顾古堡整建案时言之："对于正面廊道向上提升之观点，这个决策的运用是个错误，即粉碎非自然性的协调，重建哥特式及哥特形式，这都是威尼斯人的看法，是非常不调和的。"对于整建方案，他主要来自两种思考，即"非自然的对称"（innaturale simmetrio）及"解

古堡博物馆之主动线

① 赖特（Lioyd Wright）：美国最著名建筑师之一，是美国芝加哥工艺美术协会（Chicago Arts and Crafts Society）的创始成员，其早期工艺作品风格，引起欧洲建筑师们的特别兴趣；其著名建筑作品是在宾州匹兹堡的落水山庄（Falling Water Bear Run，1936~1937），该作品由一组悬臂混凝土板模组成，是其"草原风格"的最好诠释。

构"①，来建构剧场形式的运用手法。从其话语可知，成长背景影响他的设计观点，尤其面对中世纪哥特式的建筑，古堡之重建的确是一挑战。

实际上，在其重建后，我们已可确认史卡帕在此建筑案中，并非仅仅是用极简而洁净的处理方法。此作品提供"重整"的概念，提供建筑史上新的视野及可能性。

材质线条之运用产生诗的构成

史卡帕运用了中世纪流行之抒情诗（lìrico）的形式，即对唱法（dialogue），将视觉的旋律和建筑并列于主题的进行（avanzale）中；利用光线，把天花板、墙壁及一切其他结构上的实质建筑都消解成为"复音和声"②似的，带有建筑形式的颤音和节奏，建构出一音乐意涵的厅堂和回廊的形式语汇。这种光源的运用，是哥特式之浮士德灵魂的转化。窗户的运用，也是深度经验的运用，即可由窗户的漏光性感受到一种内部延伸至无穷的意志。

同样的概念，也蕴藏在拱门形式的"对位音乐"（Musical Contraopunto）中：它把所有线条都解释成表现一个主题式的旋律和变化；把所有正面都解构成多节音调的"复句歌曲"（Fuga）；将所有雕像的形体都消解成一种叠叠折转的音乐，使建筑的窗户及装饰物更具有深刻意义。巨大玻璃窗映射于绘画之影像，这是西方文化时空中独具的艺术，与古典壁画形成完全的对比。

---

① 解构（disturboto）：法国德希德引用的术语，他深信以前西方各种形而上学系统是建立在一些根本概念上的，比如说话／书写，灵魂／身体，超验／经验，自然／文化以及喜／恶，每一对概念里皆有一设定术语写于另一术语，解构则是一种哲学的实践，通过追问质疑这些对立的可能，从而解除它们对我们思想的主宰。

② 复音和声（bitonalit）：音乐中，同时使用两种曲调的乐谱线或两组和声，每组都用不同的调把两种音调混合在一起，音调的冲突产生一种引人注意的效果。

达·芬奇《最后的晚餐》

宛如达·芬奇《最后的晚餐》之基督，其后方窗洞，构筑成未来性时间感。这种漏光的处理，使石材消逝于玻璃的粼粼闪光中。壁上的装饰和墙壁合为一体，而与空间结合，飞腾在空间中，如大键琴的音符般。建筑的形态也导向于无穷中，在此透过漏光性之窗洞达到"视景观点"，借由窗景以求远眺一望无际之视景。透过区隔产生距离之感，在遥远之处的空间转为时间，远方的地平线意味着未来。史卡帕在处理空间时，惯用在地面的平行线与墙面天花板及地面交接处，制造边际线的透视效果，以产生视觉上的距离。

距离（distance）一词，在抒情诗及西方语言中，具有一种无以言喻的乡愁，是对未来的一种憧憬。尤其窗孔的玻璃和远方景物，镜射构筑成记忆性的"经验空间"，一种自我的延伸，这也是史卡帕对于窗户的运用不采用推拉式，而直接如教堂玻璃圣光隐喻之运用，也是对西方浮士德灵魂的追悼。

对位诗学的隐喻 美学中的不协调

词项的对立（opposites）出自于矛盾（contradiction）和反对（contraries），将词项之另一相对性的缺乏与具有，应用于"从它发生并进入它"的诸多极端状态，这种不能在受体中同时呈现的两种属性，被叫做"对立"（亚里士多德《形而上学》）。

对立的事态产生对话及律动，时间感逐渐构成。"威尼斯的哥特式"受到东方文化的影响，于文化上产生一种矛盾的对立与相融之态，因而造成西方的文艺复兴、巴洛克文化。在威尼斯出生的史卡帕，正承袭着这一特质，一种对立性与不协调的美学观；而此一个人性的风格，可从其细部结构的运用，洞见其端倪，即来自威尼斯的装饰风格。"装饰"(ornament)在艺术起源中意味着模仿(imitation)，即于大自然中，我们寻求下意识的自然观照，把它转化成日常现实生活中之器物乃至行为。而自模仿脱离到"装饰"的自成语汇，史卡帕在形而上学之"对立性"诗学思维中，将物体运动本质运用在建筑的视点上，利用音节性的运动营造出轻盈的距离感。

空间冷暖色调的运用

史卡帕在空间的设色上，运用蓝绿色、黄色与红色的马来漆料（具笔触、括痕之涂法），以营造威尼斯特有的"空气透视法"(aerial perspective)，即"巴洛克透视法"——蓝色与绿色是超越的精神、非感觉性的色彩，黄色与红色是古典的色彩，是实质的、原欲的。在威尼斯和西班牙，高尚之人物爱好壮丽明亮的黑色或绿色；红色与黄色是多神教的色彩，属于绘画的"前景"，属于社会的生活；蓝色与绿色是浮士德式，一种命运式，联系过去和未来之间的现在。这种对立性的色彩运用，是达·芬奇和19世纪画家所惯用的手法。这种"威尼斯式"的空间处理，特别注重"生成变化的本身"，即节拍的概念和亮度的利用，亦即金色和暗褐的色彩（studio

brown）的运用。事实上，这是种宗教性之记忆空间的投射，史卡帕即利用铁锈色和古铜的亮度来导引褐色之铁件，暗喻图像空间的氛围之导向性与未来感。青铜或镀金的铜，代表着从青铜塑像物件之景仰，反复到现世观的运用。威尼斯的玻璃马赛克，在史卡帕的作品中，转化到最低限的亮面和粗面材质本身光影的对立，来构筑成空间氛围。

阅读建筑也书写空间

　　古堡博物馆如命题般，注定由史卡帕这位伟大建筑师来书写它的历史。这建筑物有 500 年的历史，从康·格兰德家族经历威士康迪（Visconti）家族到拿破仑，历经史上重要的征战。历史人物消隐，建筑依存。直至 1923 年，美术馆长 Avena 找建筑师 Forlati 提出改建计划，但却没实施。经过两次世界大战，到第二次世界大战后的50年代，这个规划案正式由史卡帕规划整建，这时期，史卡帕已是威尼斯建筑学院院长，也逐渐为国际所瞩目。

　　该古堡的地基，基本上是长轴中轴线东西走向，西端面向旧街道，是一中世纪古墙，城墙的北端是阿迪杰河。城堡中庭为长方"口"字形，在 14 世纪，于北端和东端分别增建两建筑物，即目前在北端的美术馆展示区和东端的行政区域。已干涸的护城河道的上方是中世纪铁锁链攻防的吊桥，也是城门入口，斑驳的砖墙，镶嵌着玫瑰石灰石材及"Museo Di Castelvecchio"铜质的字形；城内，中庭正面的哥特式建筑之大门入口，改建为一独立的碑石展示区。史卡帕借由曲折性的动线，将入口移到西侧，在此，使观赏者更有时间观赏庭园之全貌。事实上，西侧刚好是向阳处之眺望景点，是可营造景致之无限的视点。

而西侧的水池及板模步道是史卡帕最惯用的手法，即诗样的空间序列（sequence），将长度和宽度导向一路途（way）。人在此移动，行经石墙表面、浮雕、柱廊，透过感官之知觉，进入一种命运象征形式的生命体和石材发生关联。这种深度导向源自"石头"之永恒性，而水流之律动，映照着自我的时间感。

其入口处，古褐色墙面的导引使人如进入一圣殿般。入口的把手经过令人迷恋的处理，用推引的手法，宛如走入时光之钥中；入口大厅是文物供应处，幽暗宁静使你的心绪舒缓下来。

东西走向的廊道，在天花板之木柱中轴线嵌入照明，作为视点的延伸线；穿梭其间之视点坐落处，是雕像与锈铁件之支撑架构，配以窗口之光影氛围，一种时间记忆在我们心中油然而生。康·格兰德二世的石雕塑像的处理，使史卡帕得以闻名于世；同时，史卡帕用舞台剧的效果来

石材铺面及高低的转折

展场空间以光影做舞台效果的表现

处理，使这个历史人物得以复活。Scaligeri 为康·格兰德的家族名，词义亦即"登阶梯之人"，整个动线，从阅读石材之记忆到登阶仰望这位造城者，而达到高峰。

雕像立于垂直升起的高阶上，如护城河之桥拱，在各种角度及自然光线中转换，在此我们领悟到统治者之命运，出征、征战、归返、独思，同远处的风景塑造出诗性之造型画面。康·格兰德二世的生平，不正是莎士比亚笔下的写照吗？史卡帕这种诗学建筑的书写，使遗迹的古堡复活。文化精髓的良好还原，促使古典雕像的遗骸，进入我们的意识之中。建筑不再是视觉语汇，而是凝固的音乐，我们在此阅读、记忆、书写诗篇。

康·格兰德雕像的装置空间一隅

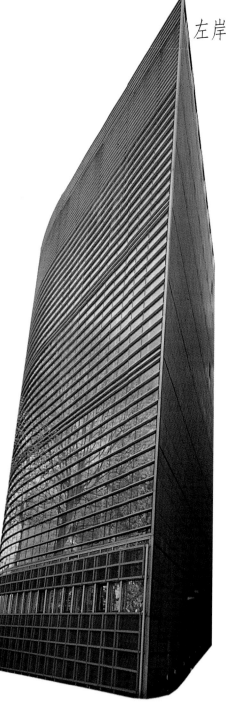

左岸之**天方夜谭**

——阿拉伯文化中心
Institut du Monde Arabe

城市纪念碑

巴黎西堤岛（lle de la cité）为法国旧区的中心地带，法文"cité"，原义为"旧城"。圣母院（Notre Dame）为此区的中心点，依顺时针方向，呈螺旋状延伸，构筑成巴黎都会的分布发展，这种形态始于"罗马时期"。城市，以纪念性建筑物或教堂为精神中心点，作辐射状的规划，如迷阵般的交通网络切错、交织这个城市。

直到法国第三共和时期，劳动阶级的抬头，城市开始有新风貌产生，但仍以塞纳河为主。到19世纪，在

阿拉伯文化中心顶楼咖啡馆，在此可远眺巴黎塞纳河全景

拿破仑三世统治下，巴黎由霍斯曼（Georges Eugène Hausmann）进行都会复兴计划。为了连接重要建筑及纪念碑，他规划出贯穿巴黎中心的中轴线，使巴黎进入一工业化之都会，在笔直街道系统中，交错着纪念性建筑。而后陆续由美国捐赠的埃菲尔铁塔及1836年10月22日埃及政府赠的Obelisque方尖碑，使城市开始有多元文化的思维，城市也和伊斯兰教文明结下深厚的情谊。

左岸新地标

圣母院后殿的中轴线，往后延伸，跨越塞纳河的圣·杰曼区(Faubourg St.Gemain)，惊见金属般的面体块建筑物，将火车、塞纳河、圣·杰曼大道的车流区隔开，这一特殊的建筑即为密特朗时期大巴黎计划颇受争议的跨文化竞图案——阿拉伯文化中心（Institut du Monde Arabe）。

该案由法国和阿拉伯世界19个公国共同合作管理

完成。这一建筑案是法国 1980 年代最重要的建筑代表作，法国建筑师尚·努维瓦(Jean Nouvel)的设计概念得到举办单位的青睐，也正是此竞图案把尚·努维瓦的事业推至国际舞台。虽然在该案进行之际，正逢 80 年代石油能源危机，促使此建筑预算较宽裕，但无可置疑，建筑师的巧思及概念使该建筑有着巴黎城市美学的语汇，也蕴涵着阿拉伯的精神文明。

就地标而言，在塞纳河畔，早期曾为大使馆区及行政机构的圣·杰曼区，在朱西厄大学（L'universiti Jueses）一端的三岔路口，即为该案的基地。

阿拉伯文化中心正面外观

设计师以阿拉伯 14 世纪以来开罗流行之"伊万"①形式的清真寺，作为建筑用地的基座规划。这种清真寺的尖塔顶端有一青铜弯月造型，或称为一艘船形，或欧洲中世纪的兵器——偃月弯刀的式样。诚如我们打开《天方夜谭》的扉页，阅读此一建筑体。

此建筑体分两部分，即图书馆和博物馆。这两个阿拉伯神话的图像之建筑体，彼此之间的夹缝正对着圣母院后方的中轴线，这弯月形的建筑物平躺于塞纳河之一隅。

① 伊万(Iwan)：14 世纪开罗流行的清真寺建筑形式，即中央屋顶的区域连接四个深度不同、有拱顶的地方。

阿拉伯文化中心建筑外观一景

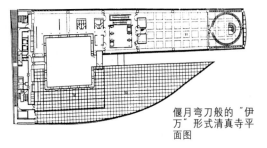

偃月弯刀般的"伊万"形式清真寺平面图

永恒 图样的语意

对于设计者而言，尤其具有社会主义左派思想的尚·努维瓦，如何在"自然/技术"、"神/人"、"哲学/建筑"对立性之状态，解构出一全新的物件及场域（ambiente）是极具挑战性的。在基座的弯月形图腾神话之规划中，直指出"一种表现无限性的企图，却不是在有限现象的领域中找寻一个对象，而呈现出这一表征"（黑格尔语）。在此，创作者似乎提出对自我的质疑：平面规划来自"神话系统——隐喻都会的理想世界"。

空间来自伊斯兰教文明穆罕默德的"mihrab"①的中空凹形空间——"alacore"②，引入祈求的精神体。这种"alacore"，亦及外表及墙面，是被无数重复几何图形所填满，在视觉上建构一反复形式，令人迷惘扩张，又有"超以象外"的新领域。

伊斯兰教建筑空间是一种特有无止境的延续，光影在空间跳跃，此一几何图形的和谐及

① mihrab：即米哈拉，是伊斯兰教祈祷的地方，有一净身的水池，它的前方有一壁龛，指向祈祷的方向。

② alacore：泛指有装饰图案的mihrab，是伊斯兰教艺术精华所在。

整合，是伊斯兰教世界的宇宙意识。将此两种文化意识化为视觉上之造型，它的存在是整个宗教空间的重心，也是伊斯兰教空间存在的基础。传统伊斯兰教文明的世界图像，是由许多几何图形衔接的图样，它是由"非知觉性"经验所构成的世界，以"绝对抽象"的认知来掌握人与万物间的关系。

此入口的墙面，也是设计师预算耗资最多的部分，但可窥见科技与自然间的互动如此协调，建筑物本身的金属材质，也颇受当时英国高科技建筑风格的影响。

极简的碑石般之墙面是入口处，在文化中心建筑物前面有一广场，紧邻着阿尔贝多（Albert）理学院；迎面是一种虚实交叠的镜射，令人陷入迷乱中的宁静，阳光的映射，使"宁静"隐藏于建筑本身。在迷途之际，建筑物遂成栖息之所，跌入内部宽广大厅中，仅见开放性区隔出服务处、文物供应中心及餐厅。整个中心的机能，隐藏于九层楼面及地下二楼，它展示在"东方主义"①观点下的阿拉伯文明，有展示文物的博物馆、图书馆、儿童工作室、资讯中心、展览中心、阿拉伯语文中心等。

---

① 东方主义（Orientalism）：此词由爱得华·撒以得（Edward W.Said,1935年生于耶路撒冷）在1977年出版的《东方主义》一书的绪论中提及，主要泛指土耳其以东至东北亚的区域之思想。

虚影交织之迷宫

　　建筑中央为玻璃帷幕的升降梯，两侧则由金属梯围绕，宛如"巴别螺旋之塔"①，光线穿透层层之框架，滤片和格网的交织及地面倒影的光景，如同穿过无垠的虚空—— 一个交叠宇宙秩序的空间。在迎面东西向的空间，则为展示区和图书区，暗喻感性与理性、东方与西方之文化意涵。

　　展示区及图书区二区的圆形展示柜、圆形书架和两面的透明帷幕立墙，以隐喻式的朝向往上回旋着。这里是设计者尚·努维瓦的设计精华之处，即建构"无限之塔"的精神，借由空间中虚影的交织，将中央阶梯，隐喻走入迷宫式的宇宙观；两侧是象征着历史智慧的智库（文物陈列区）及象征知识之塔的图书区，生命通过此路径，进入意识空间，即在感性与理性，于螺旋迷幻般上与下的层次和无数穿廊中，有着真与假的共存，映射出一组虚实共列的宇宙结构。在面对着想像的无垠空间中，我们感受到喜悦和恐惧。

阿拉伯文化中心入口

　　尚·努维瓦企图从东西文明中找出人类迷宫式的空间意识——"无限"，作为"空间"与"绝对时间"的概念。

---

① 巴别螺旋之塔 (Babel) 语出《圣经·创世记》第11章，那时天下的人口音语言都是一样的，他们往东迁徙时，到达一平原，于是在此定居。挪亚后代巴比伦尼洛王 (Roi Nimrod) 和世人商量盖一"可通天的城塔"来传扬世人的名，免得人们分散各地。耶和华降临，见世人建的城塔，便说道：如世人建成该城塔，则他们将无所不能。于是他便扰乱世人的口音和语言，使世人无法完成该城塔。这即是传说中的"巴别螺旋之塔"。

交叠的阶梯是建筑中心的视点

"迷宫"——无尽的螺旋，始自《荷马史诗》，来自祭祀性的舞蹈，是原始社群的共同文化行为。在螺旋无止境的旋转中，这种律动穿插交叠，构筑成以中心点为虚体，而呈辐射状的空间意识。这是古典希腊的宇宙图像，由毕达哥拉斯"黄金分割律"分析出螺旋形式，此形式也存在于贝类、向日葵等大自然百态事物中。诚如在希腊神祇 Hermes Trismegistas 的宝典 *Corpus Hermetimsn* 中言及："神是一个智慧的圆体，它的中心是任何一点；它的周围是无所不在。"这"无限之塔"，延续法国19世纪浪漫派时期自然主义的精神，和埃菲尔铁塔有着共同的思维。

　　建筑底部，地下二层由于基座的关系，在通往洗手间的穿廊，刻意建构了重复排列的圆柱，一方面因建筑结构的需要，另一方面则营造出"神圣的场域"。圆柱的反复形式，在视觉上产生"无限永恒"的错觉；圆柱用粗犷厚重的石材，因光线而显现轻盈的光影的变化，圆柱的选择即为光源的选择，柱位为光空间的柱缘。宛如卢克莱修①之诗："尘埃微粒在暗室内的一束阳光柱中旋转。"如福斯特所称许的"宽广的优雅来自完美的举止"，此处即为80年代坐落塞纳河左岸街角的一天方夜谭。

地下二层圆列柱的空间呈现圣殿般的穿廊　李治辉　摄

---

① 卢克莱修 (Lucretius)：生于公元前94年，罗马诗人，著有《物性论》，自然主义的缔造者。

骑士精神——
日本文化会馆
La Maison de la culture

　　日本文化会馆（La Maison de la culture），是通过邦交国文化交流所设置的社团组织，在此精神下，多元化的交流活动促使巴黎成为人类文化学、社会学等学科的研究重镇。巴黎的各国"文化会馆"规划，与其他国家都会所呈现的风貌相比，多样性是其特征之一，如"阿拉伯文化中心"、"美国文化中心"、"日本文化会馆"，不仅在文化思想上提供各种思维，也在建筑体本身构筑一视觉神话的思维，这也使得巴黎更具有世界村的多元异国情愫，令人流连忘返。

度量的智慧

　　"Maison"（会馆、会社）之词始自"Mason"，其字义即中世纪石匠之工会组织。石匠技师，象征着古希腊罗马时期，造城者对于永恒之物——石材的尊重，它经由测量、切割、运送到堆砌，建构成人的空间而流传于世。这些技术人员是测量员，也是数学家，代表着追求一永恒和谐的宇宙秩序。他们的历史，可远溯自公元前6世纪。数学是解决实际问题的一种工具，在发现几何学的基本法则后，它成为一种测量度量。巴比伦人和埃及人在尼罗河的边界，用它来测量、重建河面泛滥时田地的"边界"。

　　"几何学"的原义即测量土地，毕氏定理之发明者——毕达哥拉斯，运用名词"philosopher"（哲学家），以界定他的学派与目标。如其所言："有些人爱好财富，而被左右；　　　　　　有些人热衷权力而被支配及盲从。但最优秀的

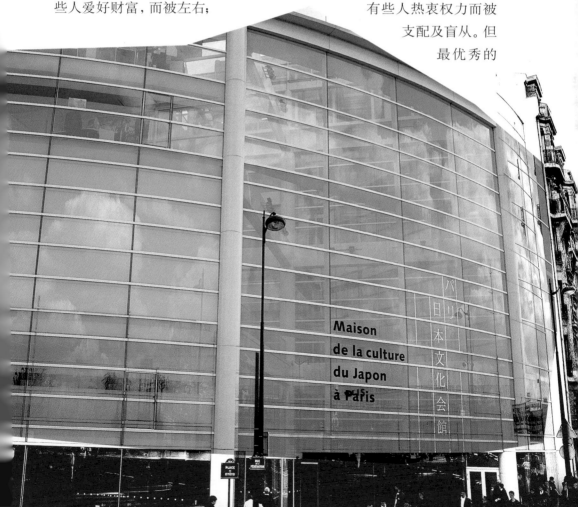

Maison
de la culture
du Japon
à Paris

古代石匠

人，则献身于发现生活本身的意义和目的，他设法揭示自然的奥秘，也是我称之为哲学家的人。虽然没有一个人在各个方面都具智慧，但他们热爱知识，视知识为揭开自然界奥秘的钥匙。"

西哲苏格拉底则为"philosopher"词源的缔造者，词形源自希腊语"philo"（爱好、喜爱）和"sophy"（简称：爱智者）。

罗马时期的行政中心罗马城"ROMA"之反写字为"AMOR"，意味着"眷爱、喜好"之词义，也是出自于对权力的一种反讽，却也寓意城市为人所看不见的底层力量所建构。

在公元前27年维特鲁威（Marcus Vitruvius）撰写的《建筑十书》（*Dover Books on Architecture*）中，我们可一窥当时建筑设计所蕴含的知识，即"architecture"之词源arch为"整体的、综合"之意，tech为technic（技术、技巧）的缩写，而architect则为一总体、复杂的技艺，他们即为造城之执事者。

罗马城带动了各个城邦的兴起，也开始各种神话，构成了欧洲文明。从毕氏的"兄弟会"到后来我们所知的"圣堂骑士、玫瑰骑士"、18 世纪的"共济会"等会社,皆以此为架构;日本的武士道精神,也源自英国的骑士精神,它也是"会社"组成的前身。他们共同的理念来自——compassion（慈悲）的精神。com 即"共同、一起"之意,passion 为"受苦、受难"之意,而合成则为"共同承担苦难"。

再生之传奇

culture（文化）,拉丁语原义为"耕耘、移植",在尼罗河年年泛滥,水位退潮后,浮出的第一个沙丘,在巴比伦称之为"世界重生"的象征,由此开垦扩展耕耘成为建立文化的允诺。culture 也象征着"新生的力量",从沙丘到金字塔,意味着从巴比伦开始,人类由此展开探索之路——耕耘于物理、统计、建筑、生物、天文、艺术等范畴。

柏拉图（Plato）言及"几何原理即生命之道",人类的文化也经由此开拓更宽阔的视野,西方的思潮是从意大利的"文艺复兴"的古典再生（rinacita）过程中产生的。

拉斐尔的绘画作品《雅典学院》[①],点出爱智者的理想国与乌托邦世界,影响 17 世纪、18 世纪的启蒙运动（the Enlightenment）,重心也渐渐转移到巴黎。巴黎的历史本身,极具"圣杯传奇"的色彩,"象征主义"及"浪漫派"

① 《雅典学院》(Accademi):拉斐尔在 1508~1511 年的"雅典学院"作品,图中 50 多位哲学家、艺术家、物理学家、音乐家等集于一室,是以柏拉图和亚理士多德为首的古典理想学院。

也着实影响巴黎人的幻想的色彩。日本和巴黎在19世纪就有很深远的文化交流，尤其后印象派颇受日本浮世绘画的影响，东方的禅学，也经由日本感染当时欧洲的思想界。在中世纪巴黎建城时，"圣杯骑士"精神影响着巴黎人在理性中追求一种浪漫的自由思想，促成而后20世纪的巴黎文化交流。文化会馆之丰富有别于其他国家，也有着特殊的意义，宛如《圣杯传奇》中圣杯铭志着："若本团体任何一名成员，蒙获上帝的恩典，成为一个异族的统治者，使他能够让他的子民享有他的权力。"这铭文代表着一种责任及宇宙的爱和一种启蒙。

拉斐尔的《雅典学院》

文艺复兴时期佛罗伦萨的泥瓦匠和木匠工会的标志

交流与跨越

日本文化会馆在此精神构架中设立，也是日本在欧洲最重要的一个海外据点及窗口。它的规划采取竞图形式。

1990年，以日本人和法国人为主要参与竞图的对象，强调日、法建筑师之间的交流，特别强调21世纪引领日、法，有更深远的经济、科技的合作，在公开征件中共有450件设计案，由安藤忠雄、椹文彦等共同评审出该文化会馆的设计案。

第一名为山中昌之（Masayuk Tamanaka），他获得了该文化会馆的建筑草案。山中昌之的原始概念是：如何足以代表日本文化的多样性及日本精神在欧洲带领日本进入21世纪，以及就一个机构而言，

对于欧洲或远东地区出生的日本人，提供协助或其他的可能性，亦或展现日本观点在艺术、科学、科技的一种态度。

建筑语汇上，以巴黎的风尚来呈现一种细致、精准的技术和意念，结构来自简洁、优雅和低调性的形式。如山中昌之提及该建筑的和谐，生成于超越文本的沉思及渐进式的体验。

建筑物坐落于塞纳河的毕哈互铁桥（Pont de Bir-Hakeim）和埃菲尔铁塔（Eiffel Tower）之间。该区是一大使馆区，其位置和塞纳河平行，如何使建筑体突显，而又和周遭景观生态调和是设计者的巧思之处。迎面的墙体以半弧形的舟体来呈现，由于弧线的帷幕玻璃墙，消解沿岸河道狭窄路面的压迫感，以避免造成建筑物本身可能产生诸多的视觉干扰。这种处理手

法，相对使周遭环境建筑也跟着轻盈许多，也是设计者能脱颖而出的主要因素。

舟船的形态，暗喻着大和民族、法兰西民族航向21世纪，而毕哈互桥及埃菲尔铁塔是两工业革命时代重要的巴黎地标，有其指标上的用意。这种形体的运用，令人想起在日本的横滨市风帆大饭店的建筑及东京市国际会议中心（international form），两建筑体是突破日本建筑传统形式很重要的未来性建筑物，由此观点可解读出这种建筑造型风格的一贯性。

空间 VS 神道主义

"会馆"主体分三部分，以舟船、长方体廊身、玉石之形体，来呈现一种表现主义而又具象形式的建筑。正面主体结构空间，运用如船舱之区隔，整个建筑墙面以弧线的舟形体及后半部的长立方体来规划结合。

顶楼的VIP室为圆形环状，地基面宛如中国剑形玉圭造型，以此来整合整个前半部和后半部的两部分主体。建筑体建材使用金属材质，颇有"金玉盟"的象征意味。正面呈弧线形，隐喻时间的速度感和不确定、混沌、不可捉摸的未来。纯净的形式，象征巴黎（或欧洲）的创作性；后半面是长立方体，是日本建筑形式的骨架体，一种支撑的力量，令人有某种安定的情绪，隐喻时间性的沉思，宁静的空体。此两主体架构，构筑成非对称的形式，这种处理手法是日本当代建筑师经常运用的，

由钢架构成的空间　李治辉　摄

从日本文化会馆向外远眺巴黎　李治辉　摄

一种对立中产生对话的中性的虚空，即日本传统建筑形式所强调的空间的不存在性——"没有实体的空间"，可有流动的、无形的空间。

这种流动空间，产生在廊柱结构周围，沿着屏障，由内而外向上扩展，会馆的结构即以此为原则，简约支柱、墙面形成点、线、面的形式；在正面玻璃帷幕屏墙指引的路径，由内而外延伸至每个开口，让我们可以领略巴黎的景致，宛如在塞纳河泛舟观景般流动着。

设计者特别将三楼抽离为单一的日本禅园，日本形式的枯山水。在茶道教学的日本禅园拾阶而上，透过窗口，巴黎的景观和玻璃帷幕交错的画面，使人恍然进入一东西交叠的时光隧道。刹那间，时间凝结于空间中，浑然失忆般处于巴黎塞纳河

一角，巴黎铁塔如卢梭画中的鲜明梦境，却又真实存在。

此建筑内部有趣的是以"光"作为媒介，它的运用不像阿拉伯文化中心那样璀璨，而是一种宁静沉思，指引生活的实体和空间的虚。由玻璃材料转化成物理性透光的效果，是现代主义建筑师所惯用的手法。山中昌之则将"公共的和私人的"、"外界开放和内在私秘"，运用透明墙体来区隔，将周遭环境纳入建筑体内，借开放透明的方式，将自然光引进内部空间。此会馆通过一种自然主义的日本禅学效果，推展了日本"神道主义"的骑士精神。在巴黎，它也是值得一游的地标性文化会馆。

流 Flùido
畅

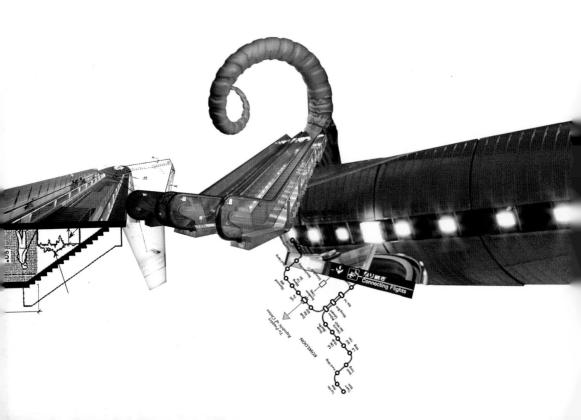

地底的流星——巴黎流星地铁站
Paris de Metro

隐视城市

概念中的城市，在可见的部分，依循着设计思维的演进、材料科技的进步，城市纹理逐渐由河流、路径、铁道的"分裂"、"切割"，建构出一自然、历史的人文城市，记录成长的有机纹理。我们除可在它们之间解读出城市发展的脉络外，也可在城市建筑的考古上，阅读出设计性的思维。

当然，城市高度从中心点的"圣堂"，随着工业文明的发展高度，也如燕子般向上飞翔；相对的，在城市隐匿不可见的部分，则有更多的想像。

卡尔维诺[1]于其文章《巴黎隐士》（*Eremita a parigi*）中言及："巴黎，对我及上百万世界各地的人一样，是通过书本得知的虚幻城市，一个经由阅读而熟识的城市。从孩童时读《三剑客》，然后是雨果的《悲惨世界》，同时或随即巴黎演化成历史之城、法国革命之城；稍晚，在青少年读物中，巴黎，又变成波德莱尔笔下，流传上百年的伟大诗篇、绘画、不朽的小说之城，巴尔扎克、左拉、普鲁斯特……"在卡尔维诺隐居巴黎期间，如其所描述，巴黎为一记忆、文学的城市，其个人经历于此地的日常生活，却是一个内在的城市，是一栖居的、平凡的、没有名字的城市。其著作《看不见的城市》即是在此情境下完成的。恰如其所叙述，他和城市的关系来自"地铁"，这和他喜好地下世界的魅力有关，威恩（Jules Uerne）的小说中之《黑色印度群岛》和《地心之旅》的内容的吸引力来自那份匿名快感及在人群中观察大众，保持绝对的隐形。

卡尔维诺这种距离的想像情境，犹如圣·艾修伯里（Antoine de Saint Exupery）在《小王子》中提及的对话：六岁时，他把画的第一幅作品给大人看，并问大人是否被这幅画吓到，可是他们却说："吓到？人怎么可能被一顶帽子吓到？""可是我画的并不是一顶帽子，而是一条蟒蛇正在消化肚子里的大象的图画。"于是他继续画第二张蟒蛇与大象的透视图。正如圣·艾修伯里所说，大人都喜欢把每件事看得清清楚楚，以此来形容巴黎城市景观最为贴切。地面上，城市景观可称为一本可阅读的百科全书，城底下则充满人类真实的幻想。

① 卡尔维诺 (Italo Calvino, 1923~1985)：出生于古巴，两岁随父母移居意大利，1947年毕业于都灵大学，50年代从事左翼文化工作，60年代中期，长住巴黎15年，曾获颁美国国家书卷奖，70年代，致力于开发小说叙述艺术的无限可能，奠定了他在当代文坛的崇高地位。

巴黎地铁施工古图片

地下社会

　　城市底下的巴黎，则由交通网的"地铁"(metro) 构筑成。"地铁"这种交通工具，1863 年首次在英国伦敦出现，巴黎发展地铁系统的时间比伦敦晚了约 40 年，但巴黎对于整个规划设计都会捷运系统来说，在目前可说是世界运输规划的翘楚。

　　metro 是"都会铁路"(metroplitan realway) 的简称，欧洲国家大都

地铁站之设计如《悲惨世界》的场景

巴黎罗马时期地窖教堂

地铁隧道中庭　李治辉 摄

以此为地铁的代称。在拉丁文中，metro的原义为"主教"、"都会"，使用此意涵始自罗马时期，"耶教"在当时受到迫害而被禁止传教，传教士在传播福音时，皆需秘密进行，而主要以坑道、地窖为聚会之所。由于有此宗教上的历史意义，在欧洲文明中，习惯以"地下社会"来象征着希望，它是对未来的一种期待，"metro"运用于都会地铁方便了普罗大众及劳工的城市之旅。

　　巴黎的地底层，从中世纪以来，便是地下水道、坟场、监狱等。18世纪前，"下水道"为贫民的栖息之处，在雨果的《悲惨世界》中，描述了有关巴黎地底下的贫民阶层分布情景，直至法国大革命后，才渐渐将城市可见之处转为平民化。但目

地铁站远眺　李治辉 摄

前的巴黎底层，仍有较异端的地下社会，仍为艺文界聚会之处，但需识途老马才得以一窥究竟。

在巴黎，由巴黎运输公司（Rvie Autonome des Transports Parisiens缩写RATP）负责巴黎都会的两大交通系统——地铁、公车，郊区的捷运线则属法国国铁（SNCF）。巴黎地铁百年来的发展，的确提供给城市游侠诸多的想像空间，在旅客的脚下和目光中，仅是纯然的从一点移动到另一点，之间的转换，宛若时间的停格，如空白失忆般，到达另一目的地。在视觉上，仅是速度性的位移，恰如网络上的浮标，在节点之间移动着，撷取的仅是一单纯的画面。

地铁各线的构造，依制造年代的工业概念而有设计上的区别。各个车站的转换点，都同时有三线可供转接搭乘，在主要车站的开放空间，依地标的历史或地缘文化关系而作适当的规划设计，使旅客在转换间也享受空间的阅读。

记忆 VS 未来

2000年，巴黎实践了21世纪地铁的新方向，即一具未来感的新地铁——流星线（madeleine）的通车，此线从规划到实际完工长达10年之久。巴黎运输公司在1990年，以新地铁的流星线为竞图主题，当时的得奖者是贝纳尔·科恩（Bernard Kohn）。他在隧道中运用天井概念，引进自然光源，消解地铁行进于无穷尽的黑暗隧道时所引起的不舒适感。这个竞图得以获得青睐，主要的设计精神是：旅客不再是于黑暗中盲目到达彼站，而以一光明的隧道及整个旅途之间的关系，建构于光线和旅客的心理感

巴黎地铁车厢内景

受，以及各建筑间的环节和所使用的材料的特殊造型。

　　当时他们用一比一的模型，搭建一长25米的货舱来模拟，以取代竞图的审查。当时科恩的构想是连接一段6站的地铁，即克利希城门（ponte de cliehy）—克利希广场（place clichy）—圣拉札（St.Lazare）—圣·马德莲教堂—金字塔—贝荷西（Bercy）6个站，但最后却因法规、人事而使此规划案流产，仅剩圣·马德莲教堂保留原先的设计构想（1994年开工，2000年完工）。

　　流星线的通车，使巴黎的地铁位居21世纪的主导地位。该线车厢采用全自助式或无人驾驶系统，各节车厢通道相连贯穿，使地铁像平行移动的电扶梯；向行进方向看去，宛如进入时光隧道。整个候车区和轨道间有安全的自动门区隔。

巴黎地铁候车处招贴

我们从地面车站到搭乘地铁的路途中，可领略到有如一隧道机（sandrine）在引导，一切具现未来感的视觉经验。透明化电扶梯、环形带状的金属天幕，间接采光，如行进的流星；机械构造的电子眼，视觉动线由一无尽螺旋的环形引入站台，简洁明亮的空间，一改传统地铁站的古板印象。标示看板灯箱的运用，也一反旧有形式风格。金属、玻璃材质的运用皆使空间更单纯，只是保养问题要费心了。

　　在此空间中，我们可感受到时间的流动、器械的转动，弥补我们在地底下视觉静态的焦点。冗长的电扶梯，将旅客带入巴黎地铁世界；其中间层有开阔的空间，提供当代艺术的展演及各项人性化的服务。当我们穿梭于巴黎地下世界探险搜寻之际，隧道机正不停地来回转动着，引领我们走向未来。

透明之玻璃电梯廊道

Stazione Nord

记忆的停靠站——
米兰北站建筑

中轴线向北延伸以教堂为中心点，是测量时间之标的。"duòmo"意为中央主教堂，由于太阳为时间的日晷仪测量基准点，教堂朝向北为其出入口，内部之东西向，由阳光的阴影来测量时间；正前方是圣堂之中央主祭坛，由侧方之东西窗口引入的圣光，投射于中央的主祭坛，构筑成圣殿的场域，它便是欧洲三大哥特式主教教堂之一——米兰大教堂，我们称之为 duòmo。

文学之旅——大湖区

向北发展之街道，为米兰的商业经济中心，教堂的南方为技术劳动之场所。似乎在地球的场域中，北方成为一开发经济的商业区域，南方则发展为一以劳动农业为主的场所，这可能也是种偶然或一种联想吧！

从但丁路向北走，电信中心、邮政中心、银行、证券中心，皆以此区域为集中地，一直延伸至斯弗札斯可古堡，再由此扩展至城外则为米兰人度假的大湖区（Lago Maggiore）——科莫（Como）湖及新兴的卫星工业城市。通往这些城市的交通网，以靠近米兰三年展场及足球场的Cardona广场的米兰铁路北站（Stazione Nord）为延伸点，直至瑞士边境；此一交通要站，一直是旅游度假至米兰附近国家公园及山区的转接点，尤其老式的车厢、木质坐椅，令人在往返间，进入过往的回忆，周边自然景致依旧，仿佛在阅读赫塞的"北意大利手记"般。这小而美的火车站是米兰人所喜爱的一记忆之处。

设计流行之枢纽

米兰北边的卫星市镇，皆是第二次世界大战后陆续兴建的，所以最能代表意大利"未来主义"①以后新时代建筑师的建筑风格，尤其是后现代主义解构风格，这些在沿途能令人耳目一新。由于欧洲共同市场的形成，米兰成为南欧的主要商业中心，米兰市区的Linate机场已饱和，所以不得不扩建另一以国际航线为主的新机场，北边 Varese 城附近的 Malpensa 机场取代了以欧洲及国内航线为主的Linate机场。而Malpensa的扩建完成，也牵动米兰及机场间的交通网。这一改变，加快了以北站为中心，开始米兰北区的都市规划案的步伐。

这一区域由主教堂广场向北延伸，规划出一新的21世纪风貌，有公共空间如电信、邮局的内部空间设计，公共艺术、公车候车站的设计以及时尚流行文化中心的竞图案。这个以原来废置的旧肥皂制造厂为中心的改造案，主要呈现米兰的工业设计、流行时尚等文化工业艺术活动，整个规划是在塑造21世纪米兰的新都会风格，色调以米兰市徽——红、绿色为主。

---

① 未来主义 (Futurismo)：意大利的艺术运动，起源于1909年2月20日F.T.马里内蒂 (F.T.Marinetti) 在巴黎《费加罗报》发表的未来主义宣言，后来又被扩充到其他艺术领域，1922年曾受官方的法西斯意识形态影响，崇拜高速度运动与机械，否定过去的爱国主义，赞扬战争技艺。在文学上，是一自由诗般发音，一种没有形容词或副词或不讲句法的电报体语言，是一种词句的解放。在视觉艺术中，强调画面的立体效果及运动的力学线条；在音乐中，由F.普拉特拉 (F.Pratella) 和鲁索洛 (L.Russolo) 基于现代工业主义的种种噪音而形成的粗犷主义，制作出由八度音阶分成五十个相等微分音符的乐器，未来主义运动影响后来在1916年以后的达达主义。

这种概念的发展，源自当旅客进入Malpensa新机场，搭电联车至米兰北站，以此区域为窗口，让旅客对米兰产生深刻印象。在北站前广场，有由雕刻家奥顿伯格①呈现的一波普艺术的作品，命名为"针、线、结"（L'ago, il filo e il nodo）。整个作品以铝合金、塑钢、烤漆材料构成，高约18米，耸立于景观艺术家Coosle Von Bruggen所规划的喷水池之内。该作品意味着米兰城市工业，由传统手工业的细致结合思维的流畅，与这城市的游客产生联系交流，作品以意大利色——红、绿、黄为基调。

在作品和车站间，Cadona捷运站前广场，是一新的公共空间规划案，由设计师Gae Aulenti规划。对一设计者而言，如何既保留车站原有景观也顾及功能性，使之融合为一，可以说是颇大的挑战；开放空间中，更要考量米兰在夏季和冬季不同气候所带来的影响。

建构一环境生态学的考量是颇复杂的，尤其此空间腹地并不大，相对需求的功能也多。设计者用双向廊道之玻璃顶来规划区域，以玻璃及烤漆铝质材质为主，中央为票亭、贩卖部、咨询中心，玻璃顶用流动的水沟渠，产生瀑布来散热以及产生水气及流水声。

① 奥顿伯格（Claes Oldenburg）：1929年出生于斯德哥尔摩，1936年移居美国芝加哥，1950年就读芝加哥艺术学院，1956年到纽约从事创作，1960年左右做第一件偶发性作品，其作品以新波普艺术风格著称。

广场间置放休闲坐椅，整个空间以红、绿色为主，Campari 酒吧的看板采用了北站外观的建筑形式。我们可忆起在"未来主义"时期，Campari是该运动的赞助者，当时如美国的可口可乐是一流行的语汇一样，Campari 对意大利人而言，也是30 年代以来企业文化的象征。在此我们看到，新古典形式的立面结构和招贴看板交织成一都会语汇，宛如美国的"拉斯维加"文化，的确让米兰人幽默不起来，但又无可奈何。北站的经营权是属私营企业，而设计规划由美国人负责，也点出此站为通往美国的窗口，因 Malpensa 机场是欧洲往美洲的一转接站。我们在拍摄访问中，车站服务人员颇不以为然地直说此为美国人设计的。

公共空间的全景

公共空间的穿廊

米兰北站一景

车站二楼剧场式的天井

新·旧的交融

该建筑体由 Water Bartoletti 规划设计完成，由于车站早期是开放性的小火车站，天幕属"维多利亚"形式的玻璃帷幕，车站本身腹地狭窄，但有挑高的天井，设计重点是加强天井的视觉效果，及将行政区移至夹层楼层。设计师在整个空间的处理并非意大利样式，但却让人有视觉上的震撼。天顶用横木构筑，宛如30年代老式车厢车站惯用的材质语汇，构成剧场效果。在目前极简风格的设计师中，如此将材料的视觉性语汇借由材质形式之时间记忆来运用，在设计中是较为少见的。

车站主要分地面楼层的票亭、咨询服务中心、行李寄放处、候车休息室、展览室，夹层楼面则为行政办公区和两个楼层的餐饮咖啡区。在空间动线的运用上，设计师Bartoletti引用了18世纪意大利皮耶马里尼（Giuseppe Pieremarini）在米兰设计的史卡拉歌剧院（Teatro alla Scala）之

车站月台一景

车站入口的中庭　李治辉　摄

动线。在剧场内以环形观众席多层包厢的设计概念，转换成北站的空间层次，并以中央的螺旋梯为视点中心往外围扩张，达到无视线障碍的环境。

各个视点即为动线的出入口，也将空间推向无限，这对于吞吐流量颇大的运输空间是一很好的概念。由于腹地小，很多视线的墙面，运用电子视讯荧屏和玻璃墙来解决空间上的区隔问题，也使视觉空间延伸虚拟的视点。电子墙面也借由有设计性的思考，逐一形成有趣的"观念艺术"作品画面，避免开放性空间所可能带来感官上的单调。这也提醒我们，对人潮集中的公共空间，如何经由网际网络及电子看板构筑出虚拟的位元空间，从而使流动的人潮，透过视觉，导引至各自所需的位置、空间。

在北站的建筑设计案中，使我们真正拥有三度空间与电脑构筑"虚拟"世界的新建筑思维的概念。如何使空间使用者透过玻璃所见景色，在其中有着新视野呢？以一种非传统的形式，对建材进行多元性的选择，它可以说是解构形式之后虚拟出的一新视窗，也是一"位元时代"的开始。

航站 是为了飞更远的路
——中国香港赤鱲角机场
&法国戴高乐机场罗丝二楼区航站

想像之**"轻"**

　　"飞翔"使人迷恋，神话中的阿拉伯飞毯在天空自由的活动令人神往。人类最早有飞行概念源自希腊神话故事，伊卡鲁斯（Icarus）和他父亲用蜡黏翼，以便飞离克里特岛，不幸的是，因不耐太阳的热度，遂造成人类的第一次空难。虽是神话，却给世人颇多的想像空间，也间接影响了伟大的天才艺术家——达·芬奇，他着迷于鸟类飞行的概念，而转换成人类飞行的幻想。终其一生，研究发展飞行器，留下诸多的手稿及文字叙述，供后人景仰，其后继者终于实现了飞行的愿望。如达·芬奇在物体概念中叙述："物体作用在空气的方式，犹如空气作用在物体一般。"

这种论点促使热气球的飞行，使人类的视野转向了天际。飞行器的手稿，也促成人类有更便捷的交通工具得以环游全球。

以此推论《小王子》中描述对行星之旅的幻想，似乎再也非幻想、遥不可及了。由于人类的行径，以往是由河流的概念到机械式的运输工具，皆属线性脉络的概念延伸之交通网络；直至航空器的发明使用，以一种跳跃性的结点形式来构筑人类在旅行中所追寻的幻想，尤其时间上更为经济而有效率，使得在地球的彼端，更有机会沟通交流。

飞机遂为当代人所必需的一项交通工具，而航点的延伸，供起降的航站，也逐渐从 19 世纪以来的功能性考量，转到目前都会 "shopping mall" 的运用，以便使旅客在行程中有着舒适的心情及知性的参访。

各国的航站，除了要容纳更多的旅客外，也成为国与国、都会与都会间的交流之所。20 世纪以来，建立航站逐渐成为各国的主要公共空间的规划案，它也意喻着一国的经济、文化、社会的意识空间。

与其他机场相比，台湾的中正机场，是如此的欠缺人性，从建筑的硬件到单纯的坐椅 0 都值得反省。尤其当看到北京机场、上海机场的魄力及香港赤鱲角机场，就更值得我们去省思了。

无中生有

赤鱲角机场是东方之珠——香港，在英国面临 1997 年将殖民地回归中国之际，于 1982 年斥资兴建的，也是香港回归中国前英国留给香港人的最后一个伟大的建筑，可堪称"从太空所能见到的第二大人造物体"（仅次于长城）。填海工程自 1992 年开始，赤鱲角高度从 90 米削成 7 米，涵盖面积为 1248.5 公顷，相当于九龙半岛的面积，而机场占地面积为英国希斯罗机场和美国纽约肯尼迪机场加起来的总和。

这个竞图案，是由 30 多国建筑与工程团队中挑选出 Mott connell Limited 的莫曼集团·佛斯特（Norman Fost）建筑顾问公司，和英国航空管理公司（BAA PLC）共同承造设计的。

从大屿山岛屿——距香港本岛东部约 32 千米——到香港市中心约 30 分钟的车程，整个环境规划，除了机场本身的整建用地外，也涵盖周遭的铁路、公路、桥梁和跨海隧道等交通网，以满足这新开发区域的发展。

北大屿山北端的高速公路、三号公路及西九龙高速公路是岛屿主要交通动脉，其中 2.2 千米长的青马大桥及六线车道的海底隧道，供每日 18 万辆的车流量，以衔接中环和西九龙的通路机场。正对面则为未来规划的新社区——东涌造镇计划。

旅游的 shopping mall

机场的建地设计分为起降的停机坪、出入境闸口、航站大楼和登机转接闸口，共长 1.2 千米。而机场的设计概念和佛斯特设计的史坦史得机场类似，由一片约 52 万米见方面积的屋顶盖住整个航站，"Y"字形的配置，使起降飞机有效集中于中央的长条形

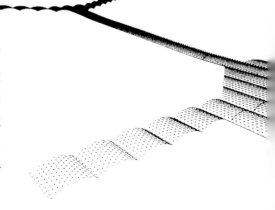

圆拱走廊，旅客及行李能有效率、有秩序地进出机坪。中间的走道以轨道的行式自动行进，旅客进出登机闸口，可以很轻便地被运送至要前往的位置。

航站大厦约3000米见方的占地面积和"Y"形拱形长廊衔接，组成一飞翔中的"雁子"般造型。整个屋顶的屋脊由45个拱形支撑结构架来连接支撑屋顶，中间以悬臂式垂吊的楼层浮于建筑体的中间。周遭的玻璃帷幕长达4.5千米，使旅客在进出时可很明确地知道目前所在的位置。它还设置有140处商店和餐厅供候机时休憩及shopping之用。整个工程在1998年夏季完工并启用。

整体而言，佛斯特运用了简易材料来构筑建筑体，如铝合金混凝土及玻璃等材质，而由122块轻质结构薄壳来覆盖，每块有36米宽。它们都是在新加坡和英国预制，然后在现场组合，用单一而连续的材质造成一蜂巢式的视觉效果。连续而无断面的连接点，使空间显得轻盈而有飘浮的效果，也整合整个航站各区域因功能而区分的各部分之一致性。白天和夜晚，自然光或夜间灯光，使整个空间更有节奏而又呈现一种宁静的感觉。

"Y"形雁子造型的航站　李治辉　摄

软体设计也更具人性化：直接扫描通关的设计，避免人潮带来的拥挤影响整个机场运转的流畅。休憩坐椅、登机处的安排，皆考量长途旅行中所可能带来的不便之处。在此可充分感受到设计及配置的细心。

赤鱲角机场支架细部图

小而大的想像

　　佛斯特的此种厂棚式空间运用,不禁使我们也对另一小而美的航站更拍手叫绝,两者约略同期完工,而空间的运用也颇类似,颇有彼此较劲之意味,此即法国戴高乐机场(Airoport Charles de－Gaulle)的扩建工程——罗丝(Roissy)二楼区航站工程的规划设计。

　　罗丝二楼区航站工程,对法国戴高乐机场有极重要的历史里程碑意义,主要是针对航站之设计,即罗丝一期工程(1974年完成)及罗丝二期工程(1981年启用而陆续在扩建中)做一检讨;而二期完成的有A、B、C、D四个区域,由TGV－RER顾问工程承建,在1994年陆续完工并正式启用。在先前的运用,主要以功能性的设计考量,却忽略

罗丝二楼区航站钢构和混凝土构造的细部　李治辉　摄

了在旅客的旅途中，如何有效地转换及到达登机闸口；在现有的停机坪，怎样有效地增加起降的班次和转换登机闸口，是整个设计的考量。这个规划设计案由建筑师保罗·安德烈（Paul Andreu）负责整个概念发展，保罗·安德烈是目前机场航站设计颇负盛名的设计师，在世界各地皆有其设计的航站作品，而他的作品也以航站设计为主。

在机场A、B、C、D各区，机场已经无法容纳进出旅客的吞吐量。法国成为欧洲共同市场的成员国之一后，巴黎为欧洲人共同向往的工作地点，面对出入机场人数的日益增多，有效地在短时间内使旅客能迅速地登机或进入巴黎，是当务之急。

保罗·安德烈在有限的建地坪——宽约65米、高15米的区域内，规

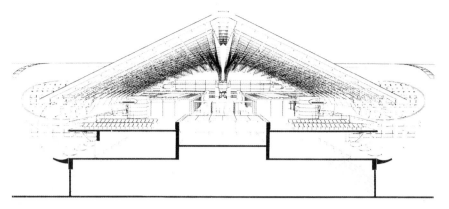

戴高乐机场罗丝二楼区航站结构图　李治辉　摄

划出登机闸口、候机处及航站地下楼层进出停放车辆的停车处。航站规划工程分登机闸口及航站大厅，而航站大厅运用狭长的飞机之机翼造型来建构，整个结构用轻铝质骨架及混凝土建材，构筑成一太空舱形式的航站大厅。

在有限面积中，我们置身在窄长的出入境大厅时，能很便捷地进入候机处的登机闸口，登机闸口由两座舟船形的造型候机处衔接着航站大厅。

飞鸟造型的候机室

候机处的两侧共有14个闸口，供飞机停放及登机之用；中央则为狭小的商店及供休憩的餐厅、咖啡馆。整个航站的腹地以环形的状态来规划设计，二楼区域是环状的一部分，整个工程完成后，有如八爪章鱼般的造型，将由8处候机处、4个区域航站来衔接，中间挑空的环形中央则为车辆进出的区域。

在进入航站大厅后，视觉上由于挑高的高度及混凝土水泥板的建材使用，令我们有种安定而置身在洞穴般的舒适感。加以线形的天光使人进入一神秘的隧道般，这种气氛宛如巴黎地铁刚完工不久的流星地铁站，同样有着未来城的感觉。航站大厅让我们可以深深感受到，它给我们在最少的步程中完成登机手续，最后依据指示在电扶梯的引导下，步入一宛如时光走廊的候机处，整个造型是由铝质骨架建构出倒置的舟船骨架之玻璃帷幕。

航站大厅衔接处，也是电扶梯之出入口方向所在。从候机处望去，有如一只飞翔的飞鸟造型，电扶梯口即通关之检查处，进入后即是登机闸口，它们分别坐落两侧，中间是供旅客shopping

候机室的餐饮空间

候机室的 shopping 空间

的商店。整个航站在视觉上的设计运用，皆以未来城市来设想，从细部的指示看板到整个空调的冷热控制，皆可堪称是以旅客为考量的设计。令人惊讶的是，如此小的空间却有着细致而优雅的设计，它也间接带动人类了解航站规划的新意涵。当然航站不仅运用硬件、软件，还在听觉上利用广播音频之回音共鸣，令人宛如置身在宇宙之航站，使旅客有着安定而平静的心情。我想这是法兰西人令人尊敬的地方，一种从容不迫的态度也呈现在他们的空间中。

无限 Sezalimite

米兰的春天——
米兰Milano

一城之始

"春天"在意大利文之定义为"primavera"，是由"prima"的"首部、初期"及"primate"之"总主教"，延伸出的一种对未来的期许，也暗示着城市生命空间的开展。它是6世纪前，在阿尔卑斯山脉的高峰延伸到波河谷（Po Valley）的伦巴底（Lombardia）平原，由蛮族伦巴底人命名而来。

在米兰，376～386年间，由主教圣·安布罗斯（San Ambrose）建立了圣·安布罗鸠（San Ambrogio）教堂，此建筑是中古世纪的教堂，也是米兰的守护神栖息之地。圣人圣·安布罗斯这位守护神，是劝服罗马帝国第一位皇帝——奥古斯丁①——皈依基督教的人。此教堂依然存放着圣人的遗骸供信徒瞻仰，它是城市记忆中的地标，象征城市文明的源起。

13~14世纪，米兰中枢主教堂由米兰的统治者维斯康提（Visconti）授权加勒阿佐（Gian Galeazzo）公爵规划筹建、波拿温都拉（Nicolas de Bonaventura）设计，从此米兰开始了城市的建筑故事。传说中，在伦巴底平原有巨蟒出没，并吞食婴儿，后来被骑士史福札斯克（Sforzesco）收服，于是米兰公爵四世命其于中枢教堂的右前方，建立一古堡（Castello Sforzesco），它的风貌由此开始，米兰的市徽即因此典故而有它的神话。

纹理的塑造

米兰在伦巴底平原中，是不具水道人文空间的城市，直到统治者史福札斯克家族，延请达·芬奇规划，开凿一条衔接波河（Fiume Po）和亚德里亚海（Adriatie）之港口——热那亚（Genova），及至中部的托斯坎那（Toscana）区佛罗伦萨之运河——Navigli。运河除了是当时繁华的区域外，还给予米兰诸多的文人幻想。沿岸的帕维亚（Pavia）之古修道院是古代修行僧的修行所，当代小说家埃科（Umberto Eco）以此开始他的文学叙述，它也是意大利医学、物理学的重镇。

附近的克雷莫那（Cremona）是世界古典名提琴制造家史塔迪瓦里（Antonio Stradivari）的诞生地，而沿岸的水道——蒙地水道（Via Monte）的淡水渔获、野鸭、稻米一年三获堪称鱼米之乡，尤其，该区是香槟类葡萄酒在意大利的惟一产地。沿途的水道，人文景观是诗人歌颂之地、威尔第（G.Verdi）歌剧音乐灵感的泉源之处。Navigli运河区是构筑米兰最高艺文气息的老社区，可与巴黎的塞纳河左岸相提并论，也是文艺复兴后可一窥旧时情境的文化遗址。

由于因缘际会，运河的规划，使达·芬奇将其晚年贡献给了米兰的都会建设，其遗留了创作手稿，也遗留该城市，《最后的晚餐》的巨作长存

① 奥古斯丁（S.Augustin）：354年诞生于北非努米底亚省（Numidia）的一个小城，385年受米兰主教安布罗斯的影响，开始接受基督教义，开始研究哲学。在米兰主教安布罗斯手中受洗，返回北非，395年成为希波（Hippo）城主教。著作以《忏悔录》、《论三位一体》、《论神之城》著称。

于此。诚如亨利·詹姆斯（Henry James）言及："米兰是最平淡而最有诗意的城市。"因它具有意大利各城市所没有的"秩序中的优雅"，也难怪拿破仑统治时期也以布雷拉宫为其行宫。

城市的优雅

米兰的规划，以小说家D.H.劳伦斯称之为"学刺猬样子盖的教堂"的中枢教堂为中心。教堂内部分5座大侧廊，由入口延伸至祭坛，有共可容纳4万名朝圣者的本堂。主祭堂后方有3扇大形彩绘玻璃窗，中间为13～14世纪米兰统治者维斯康提的家徽，尖顶有135座尖塔，还有各时期收集的大理石雕像。前后费时共500年，至目前仍在建构中，中央顶点是4米高黄金打造的雕像，象征米兰人追求真、善、美的极致精神。

教堂北边的艾曼纽走廊（Galleria Vittoria Emanuele）是世界上最古老的商店区，以玻璃帷幕构成4楼高的骑楼建筑。走廊尽头，是史卡拉歌剧

布雷拉艺术学院建筑

米兰主教堂之屋脊列柱雕像

"牧神节"的嘉年华化装舞会

院，它是米兰人秋末后的主要休闲之处。秋后便展开了米兰的冬季活动，主要以室内静态活动为主，阴暗的天际并没有掩盖他们的热情；冬季的节庆活动，令他们在不自觉中排除这种恶劣气候，此时也是家庭聚会较多的时候。

这一情境延续到2月14日的"牧神节"（Festa Faunus）。牧神节意寓着当地的神话：畜牧业和牧人、森林、原野的保护神供给再生力量（rinasce），妇女经由牧神的洗礼而受孕。

"牧神节"后来在莎士比亚的《哈姆雷特》（Hamlet）作品中演变成情人节（S.Valentino）。此一节庆过后，人们开始活跃，在复活节前的嘉年华活动中达到高潮，米兰夫人艾曼纽的故事，即诉说了贵族生活的种种情境。这种夏、冬的对比，促使米兰人除了感性外，也有着法、德的理性思考。

此时也是河道旁开始去年葡萄酒的装瓶时

破碎的建筑结构美学

节，传说中，这时期在第一个满月的夜晚装瓶的葡萄酒特别甘美。由于复活节前后，气候由湿冷转为干燥多阳光，代表着城市的苏醒。城市建筑，由此转为多样的色彩，也可见米兰的多样性。如果"罗马不是一天造成的"，则"米兰是设计者的春天"。

在意大利建筑中，"破碎"是意大利建筑文化的问题，尤其对于一个城市而言，它的"一致性"风格是在70年代被各种建筑团体所讨论的，也发展出2000年威尼斯国际建筑双年展的主题——"城市少一点美学，多一点伦理"。事实上，这恰巧点出米兰灵魂的秘密——美的需求是城市生活的根本，一个城市若缺乏天然美，那就必须用设计来创造美。从此观点讲，米兰则是全世界最优雅的城市。

街景商业招贴

河道之人文

米兰的地理环境，缺乏天然河流贯穿。

罗马时期，从米狄兰侬（Mediolanum 为米兰早期的名称）的棋盘式街道，中世纪的不规则排列，到15世纪由达·芬奇设计的大区域通航运河系统，至19世纪末工业革命之电车的使用，都改变了这座城市的观点。米兰开始成为意大利现代主义的重镇，是"未来主义"艺术的诞生地。

战后，"20世纪主义运动"（Novecento Movement）兴起和受30年代的国际"理性主义"潮流影响，这时期主要的出版刊物如 *Domus*、*Casa bella* 及日趋重要的 *Abitare* 和出版商 Electa，开始网罗有哲学修养的现代主义历史学者，主导出版社出版书籍，各类建筑师之间界限开始

拿破仑街地铁站的公共艺术作品

模糊，促使设计进入总和的状态。而此时期，米兰也取代了在战后都灵（Torino）的地位，逐步实现意大利共产主义教父葛兰姆西（Antonio Gramcis）的"文化霸权"理念，而成为一社会主义的文化重镇。在60年代 *Casa bella* 的主编罗杰斯（Ernesto Nathan Rogers）提倡的平民主义的建筑语汇，重新反省了可辨识的历史建筑而使米兰有其"伦巴底传统"的城市风格和"红砖"的城市元素系统。"精神的传统，而非错误教条传统"，是米兰设计师正在追求的设计精神领域。

在设计领域中，米兰具有追求可能及不可能的多重性城市风格空间，它有待我们去深入挖掘。尤其四月的阳春，以城市生活设计为主的活动，开始其生命力的展现，揭示米兰自古以来命名之演变——Mediolanum到Milllenium（千禧）及 Millinery（暗寓着妇女华丽的衣饰），这些都给予城市很多的想像。在新的世纪，米兰也开始了新世纪初的首部曲。

这些年，新米兰的都会计划陆续完成，如米兰北站车站，La Malpensa 机场的扩建案及多项公共艺术工程的完工；而以时尚著

名的拿破仑街（Via Monte
Napoleone）到史皮加街（Via della
Spiga）之间的四条通巷道，也开始了
它们跨世纪的概念；Giorgio Armani、
Prada、Trussardi、Romio Gigli 等服
装时尚品牌的平民化运动，各个旗
舰店，宛如一全新的生活艺术廊，实
践（habit）品味生活的理念。

在此你可坐下喝口咖啡，细致
品味个人独特的生活美学，在此我
们验证米兰秉持着美的概念不断更
新的想法。它拒绝接受由视觉和知
性方面消极被动所衍生出可立即消
费的事物，它仅提供想要深入探索
心灵美感及阅读这未可知城市奥秘
的人去体会，它是值得驻足的休憩
之所。我们可以说米兰为新世纪第
一个春天作了最美好的准备，它期
待爱好设计阅读的旅者在此画上一
个美的惊叹号。

Romio Gigli 的流行服装秀

街道的公共艺术

诗的城市——维罗纳Verona

铁道取代河道，沿途的山景如旋转木马般，将时空拉回到中世纪般古意的城市。此地是通往德、奥的必经之地，是古战场，也是诗人、文学家歌颂的城市，维罗纳城因此得以闻名于世。而莎士比亚的文学作品《罗密欧与朱

整修中的罗马竞技场　李治辉 摄

丽叶》及《维罗纳二绅士》，使世人重
新阅读维罗纳城市、认识城市人文。
　　城市特有的环境，以当地的粉红
色大理石及瓷砖为其特色，建筑有着
玫瑰红般的大理石纹理，在阳光辉映
下，像彩绘古典绘画之景致。

时间——记忆之舞动

　　维罗纳的中心点是布拉广场(Piazza Brà)，它是维罗纳人生活的重心所在，普罗大众日夜在广场聚集、聊天、购物及饮酒休憩。广场有着世界仅存的第三大古建筑，即1世纪时期建的罗马竞技场（Arèna）。在城垣周围的阴影下漫步、促膝而坐，仔细品味往昔的规模——于残留下来的城垣可窥见当时竞技场之规模。而最高的城垣叫做"Ala"，从它可看到当时广场更高而宽广的规模。竞技场16世纪时被市民保存并成为市集聚会之所或夏季提供歌剧、音乐、舞蹈表演之空间，是意大利两大夏季露天歌剧院之一。长达3个月的音乐季，从古典的、爵士的曲目到芭蕾的表演，令人流连忘返。在圆拱的城垣内，乐音在黑暗中漫舞，烛光如萤萤之火般在序曲中亮起。在光晕辉映下的砖墙及表演之舞台场景，把观众的情绪带进了往昔的年代。历史性的建筑的迷人之处即在于时间记忆的延伸。

夜间露天歌剧院一景

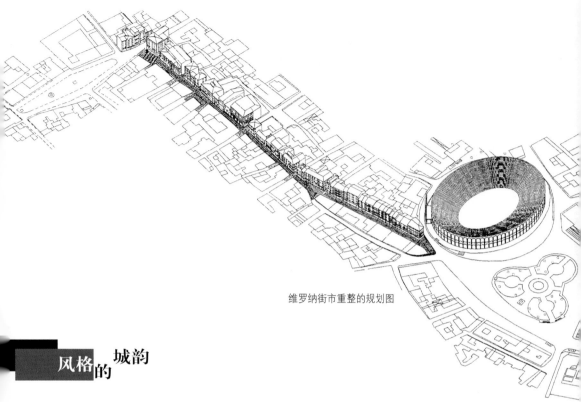

维罗纳街市重整的规划图

风格的城韵

　　布拉广场的主要街道是马志尼街（Via Mazzini），其街道是18世纪中叶即规划的，两侧建筑是宫殿形式和塔楼的式样，这建筑物中间则为开放的空间。巷道间的窗台、随风掀动的窗帘、铁架中的季节花为街道带来些许的凉意。

　　马志尼街也是意大利这几年来很重要的公共空间竞图案之一，整个规划是从1995年开始整治到1998年完成的，由艺术家波得卡（Boris Podrecca）规划。

该街道全长4200米，概念的发想来自罗马圆形竞技场，衔接长线街道构筑成如音符的豆芽圆形。竞技场的城墙，罗马风格的砖红成为主旋律，街道的地面以当地盛产的砖石及威尼斯风格的红铜为材料，构筑出迷人的地景艺术步道，其间以朱丽叶和罗密欧的家园及维罗纳著名的点心店（Pandoro）为街道横向的音节线。

当你行进于街道，两旁旧式的塔楼配以现代的商店街，地面的节奏性图面，配以粉红色大理石及复古式的简约造型街灯和雕刻，为城市带来新意（Nuovo），也是街道的新名——Via Nuovo（即"新街"）的命名缘起，它为意大利城镇规划提供了良好的参考。沿街掺杂着中世纪的楼面及哥特式的阶梯，使维罗纳城更优雅了。

斯卡利杰雷拱门街（Via delle Arche Scaligeri）的酒吧，为旧时罗密欧府邸（Casa Romeo），而另一端的卡佩洛街（Via Capello）23号，即为朱丽叶的家园。庭园之两侧为中世纪塔楼，这种建筑形式，

公共艺术的排水道设计

是中世纪意大利流行的建筑语汇。

　　在建筑内参观家族遗留下来
的摆饰，宛如电影《殉情记》中的
场景般，庭园中的朱丽叶雕像供
人拍影留念。和罗密欧私会的花
园的墙隅，被现代版的情侣们书
写了彼此的名字，庭园也成了一
新的涂鸦艺术区。老旧的城市惯
常有一仁慈或残忍的统治者外，
也会有一城市的守护神，维罗纳
城也不例外。4世纪的圣者芝诺
（Saint Zeno），是在阿迪杰河捕鱼
的渔夫，由于他的种种神迹，使这
个城市充满传奇。圣·芝诺教堂则
是维罗纳著名的古迹，而芝诺是
阿迪杰河的守护神。

朱丽叶家园中的阳台

诗样建筑

　　在河岸的拱桥旁，即是维罗纳著名的古堡博物馆，古堡让人想起"美丽的维罗纳城"；城堡历史上的悲惨篇章，却也为诗人作家提供写作的题材，引用于其文学作品上；古堡的整建案，也造就了意大利当代建筑师——史卡帕，同时也使其在建筑史上占有重要的地位。

　　古堡的建筑建于1354年，由统治者康·格兰德二世所建。建筑师史卡帕很技巧地重新诠释古堡的精神面，使整个建筑空间更具文学气质，尤其整个动线以光源作引导，使内部的陈列物更具生命力；而他惯用的主轴线条，透过光墙，似乎如东方的"柳暗花明又一村"的意趣；而沿着动线路径，将自然的视觉元素予以破碎化，产生一种律动性的节奏，使得自然材质及旧有的建材彼此呼应；再通过抽象几何的细部造型来组合动线上的一贯性，使空间具有时间的记忆性及生命力。

　　在古堡的正门入口斜对面，则是史卡帕的另一件作品——维罗纳人民银行（Banca Popolare di Verona）。此作品是1973年规划筹建1981年完成的，该作品是其晚期很重要的一件，也是他留给维罗纳城的一个现代性

古堡博物馆夜景

建筑。该建筑的地基比实际的路面低许多，他以工作座台（Cavoro di lima）造型的概念，来建构整个视觉的元素，如一女性般之美丽呈现在诸多面向，是经由许多物件支撑，整个建筑宛如现场一般，有种被支撑起来而显得轻盈的感觉。该案尚未完成，史卡帕便在旅游东方日本时，于1978年11月28日在日本仙台市逝世。此建筑案可以说是未完成的作品，共同参与规划的建筑师Arrigo Rudi，依据史卡帕使用材料的想法及模型的风貌完成了此件作品。此建筑有趣的是，使用对称的圆柱来支撑结构，而圆柱也是视觉的注视点。

在街的两端，两件特殊建筑作品，也点出史卡帕创作的途径，即在空间中构筑出一视觉性的诗学。此一风格却也说出维罗纳城"看不见记忆之沉淀"，有如史卡帕的建筑空间美学，在行进中，透过自然，呈现出一种视觉的焦点与转折，在阅读时是不容易察觉的。但在我们深入体会时，每个行走的休止符，确是来自对自然的（时间）、人文的（空间）赞叹，而也是他对细部的刻意强调，如在西洋棋盘的黑白格间进行着，每一棋子，自有它的路径，而恰如城市空间的街巷，光影交错在墙影间，每一元素代表着一家族的历史之荣景。史卡帕的风格，很巧合地呈现在维罗纳这一历史记忆的城市。网络链接般的铁道，引领我们进入一有音符般音轨的Arena剧院，舞台泛起抒情之声："维罗纳之名将为世人所知/在这城的历史再也无人被缅怀，宛如那真诚而忠贞的朱丽叶。"（莎士比亚）

维罗纳人民银行

窥视的期待——威尼斯 Venizia

船歌的传奇

水河道（grand canal）是威尼斯最长的街道，它环绕城市约3千米水河道两侧的建筑则是记载着城市的历史书，有哥特式、新古典主义或巴洛克式的宫殿建筑形式，约略是14～16世纪建造的。水上交通是阅览城市最佳的形式，传说，匈奴王阿提拉（Attila）时期，罗马人驱逐匈奴人游牧的形态后，才得以在亚得里亚海建立海上堡垒，辉煌千年，影响整个欧洲的文明，促成"文艺复兴"的发展；这里也是"布尔乔亚"中产阶级兴起之地，它也可以说是欲望之城，我们可以透过建筑解读出城市看不见的迷人之处。

威尼斯轻舟（gondola）是一凤尾形的轻舟，如托马斯·曼（Tomas Mams）说过："在这世界上除了棺材外，再没有任何东西的颜色比这轻舟更黑了。"威尼斯轻舟是书写、延伸城市最便捷的水上交通工具，而上百个岛屿棋盘式的交错，使其有着迷城般的想像。传说，音乐家威尔第最受欢迎的歌剧《茶花女》（*La Traviata*）及《弄臣》（*Regoletto*）均在 La Fenice 歌剧院首演。据说在《弄臣》开演前，他才将《善变的女人》（*La Donnae Mobile*）之乐谱交给男高音及乐团，因为他生怕这支歌动人的旋律，在首演前传出去，会为威尼斯每个业余男高音所吟唱，并称是自己作的。但显然此歌曲最后仍成了船夫们吟唱的船歌。

美丽的休止符

　　水上街道为一 "S" 形的环绕，除了威尼斯轻舟外，全靠水上公车及计程车游艇来衔接城市的交通。路径始自火车站，以各区域历史建筑为停泊之处，方便游客游览，主要的汇集点是以圣马可广场（Piazza San Marco）为中心。广场的圣马可教堂，是以《福音书》作者使徒——"马可"而命名的，其遗骨在 9 世纪，由威尼斯人从亚历山卓城带至威尼斯，当时统治者帕提西帕齐欧（Participazio）在此建造教堂，将

威尼斯的水河道一景

遗骨安置其中。原教堂百年后烧毁，后由目前我们所看到的5个圆顶伊斯兰教形式的建筑取代，目前，其上方奔马的雕像是复制品，真迹置于马奇亚诺博物馆（Museo Marciano）。教堂内部，主要依希腊十字形设计法而建，构思采东正教的形式，天顶以嵌镶画呈现，图像则以金色为主，此教堂因此被称为金教堂（Basilica d'Oro）；其左右各有一塔楼，右侧的钟楼（Campanile）高约100米，左侧的钟楼则是1496年由科度西（Coducci）设计的，由两尊青铜铸（Torre dell' Orologio）的摩尔人雕像，定时敲报时间。

在小广场尽头，有两根12世纪圆柱，其上有两座雕像，一座是威尼斯的象征——长着翅膀的狮子，另一座是威尼斯的守护神——圣狄奥多尔（San Theodore）的雕像。旁边为总督府（Palazzo Ducale），是拜伦笔下描述的"巨大又奢侈的宫殿"，它是由白色和粉红色大理石交错而成的建筑。其后方，则为文学家笔下的叹息桥（Ponte dei Sospiri），是囚犯上断头台必经之路，相传情侣们在桥下相吻，爱将永恒不朽。

圣马可广场全景

叹息桥

史卡帕在双年展绿园入口的雕刻装置

双年展会场的展场空间

游于艺

广场上的露天咖啡，以佛罗里安的咖啡屋（Caffè Florian）闻名于世，当奥地利占领威尼斯时，咖啡屋为当地爱国人士的聚会所；而此咖啡馆在百年前，也以画坛沙龙的形式，为艺术家们提供展览的处所；它也促使威尼斯成为世界文化艺术活动很重要的发源地，威尼斯双年展（Biennale）即因此地而发迹，尔后移至"绿园"（Giardino Verde）。

在史卡帕的规划下，以国际现代艺术展览馆的形式，提供给世界各国国家馆，奇数年以当代艺术为主，偶数年以现代建筑思潮为主，在每年的夏季开展，吸引艺文人士聚集。当然在此刻，从事影像艺术，也有着如威尼斯影展的盛事。在夜幕低垂，酒酣之际，春初的嘉年华晚会似乎延烧至初夏，从事表演艺术的艺术家，在烛光下，开始他们街道的表演。当视觉随着黑暗来临，欲望也消隐在巷道间，人们也开始了窥视之旅。我们在这城市窥视艺术文化，这是威尼斯迷人之处。

艺术双年展中国台湾馆

在马可·波罗的游记中，似乎为威尼斯作了最佳的诠释，威尼斯也予人"乌托邦"的想像，我们可称它为艺术之城或想像之城。"绿园"的展场，也可说是一建筑博览会，各国的建筑师莫不用心于自己的展馆设计，展览馆是永久的建筑物，代表着各国的现代性。中国的台湾馆目前仍是承租一旧建筑物，由靠近总督府旁的老监狱改建。绿园展场有多件东欧的展馆，皆是威尼斯名建筑师史卡帕设计的，而大会入口之海岸也静躺着史卡帕的景观作品。在这里较能领会威尼斯的现代性，但却有着东方的色彩，史卡帕的简约设计即来自威尼斯风格的神秘性并融合了东方主义的素朴。

当代艺术展从史卡帕的沙龙形式到展览馆，历经100年，其间曾因大战而终止。而主

古根汉夫人之墓园坐落于古根汉私人美术馆

马里尼的男童雕像作品

要的推动者以在Palazzo Venieri deiLeoni 居住的美国收藏家古根汉夫人（Peggy Guggenheim）为主，许多的艺术家皆是其招待度假的对象，而艺术家也欣然的遗留作品供其收藏。战后她欲携作品回美国，遭意大利海关拒绝，以致以此别墅为她的首座古根汉美术馆。到此一览，仍可见其细致的住宅环境规划，也可在墙的一隅，凭吊她的墓园。当我们行船至此，可见到雕塑家马里尼（Mario Marini）的骑马男童雕像耸立于河道建筑之前。

我们环视着西方文明的现代性时，威尼斯无疑是人类融合东西方文明最成功的城市。由于曾受匈奴人统治，且曾是一商港，联络东西方的海上丝路，贸易于此展开；又由于重商主义的抬头，以人为本的意识抬头，促使威尼斯提早脱离了神权时代的表现思维。在音乐、绘画中的表现，已然有着理性的思考而非宗教化的呈现手法，其影响的深远，也促使我们在21世纪重新来追思它。的确，

如卡尔维诺《看不见的城市》一书所叙述,马可·波罗说:"每次我描述某个城市时,我其实是在说有关威尼斯的事","为了要分辨其他城市的特性,我必须谈论暗藏其后的第一个城市,对我而言,这个城市就是——威尼斯"。

当我们谈论文化的现代性时,也可以说我们在理性与感性间掺杂了威尼斯的性格。宛如我们在运河网和街道网之间参差交错着,从一个地方到另一个地方,你可陆行或船行,不论陆行或船行,之间起落或弯折,皆予人一种窥视的期待,此欲望的延伸消隐在未可见的空间。这是威尼斯的美所在,让旅人充满着搜寻及惊艳,于每一季节、每一时刻。

方舟计划——巴黎拉德芳斯广场 La Defense

群众向前行进着，由象征工业时代的铁路老火车头前导着，在汽油桶的敲击乐声中进行着。从香榭丽舍大道（avenue des Champs Élysées）到拉德芳斯广场（La Defense）充满了人，此一中轴线道路是法国节庆的主要路线，而承袭自法国大革命追求之自由、平等、博爱的立国精神在此刻表露无疑。拉德芳斯区，也在法国建国200周年庆中完成了它的规划。

新凯旋门／大方舟（La Grande Arche）的正式落成，成为巴黎城市的地标，也是重要的纪念性建筑，是法国密特朗总统继罗浮宫整建案、阿拉伯文化中心后，一个很重要的文化建设案。此一拉德芳斯区域之规划案，包括国家工业科技中心（CNIT）入口的设计、日本桥的规划及周遭公共艺术的设置。

勒诺特中轴线

"新凯旋门"的规划，主要源自1929年，由科比西埃（Le Corbusier）、罗伯特（Robert Mallet-Stevens）和奥古斯特（Auguste Perret）共同筹划的社区规划案，以艺术建筑为构想，来整合该区的地理人文历史。

当时，罗伯特设计出一跨越中轴线及连接两侧建筑的 Maillot 桥，格罗比斯则负责规划拉德芳斯的环境景观。而当时的竞图，在1931年由艺术家 Bigot 和 Landowuski 两位获得竞图案，他们以胜利女神雕像作为地标，但该规划最后没有执行，仅于1936年完成了 Neuill 桥梁工程。

直至七八十年代，此地区的规划重新被重视。1958年，贝那（Bernard）和泽尔弗斯（Zernfuss）规划了国家工业科技中心，1971年贝聿铭也接受委托提出"diapasoli"的塔形概念设计。而真正落实该地区的规划，则要到1979年密特朗提出对社区再利用的新政策时才开始被注意。该区的规划，仍依照格罗比斯的原始构想。拉德芳斯的中央广场，以勒诺特（André Le Notre）设计的"图勒的花园"（Tuileries Garden）为起点衔接罗浮宫，行经凯旋门（Arc de Triomphe），直至香榭丽舍大道为视觉终止点，这就是我们所说的"勒诺特中

广场前后一景

罗浮宫前的金字塔一景

轴线"。

早期的规划，以凯旋门（1806～1836）为中心点，直至大巴黎计划（Le grand project）由戴高乐（Charles-de-Gaulle）总统提出后，才改变成以戴高乐广场所延伸出的12条辐射状的道路为新中心点。其一方为罗浮宫广场的金字塔，另一方为拉德芳斯的新凯旋门。

巴黎市民主观上认定，拱门中央应有视觉的着力点，这也是源自古典建筑美学观点，凯旋门中央上方，有石雕等物件来构筑视觉上的透视线；此观点也就是促使历次的委托案皆没有获得普罗大众青睐的原因，直到密特朗提出国际竞图案后才宣告解决。

云朵视觉之轻盈

在竞图中，共有424件征件作品，最终获奖的是一位默默无闻的丹麦建筑师史派克森（Johann-otto von Sprekelsen）。竞图稿中，他以素描形式来呈现，以"方块上的云朵"（Nuages for the Cube）之命名而获选，他解决了巴黎人长久以来对中轴线视点的质疑，可惜的是，史派克森后来因身体状况而未能亲自完成此一规划案。后交由彼得·莱斯（Peter Rice）来承建完成，在该案未完成前，史派克森就逝世了，莱斯则因为解决悉尼歌剧案设计上的结构问题而一举成名。

缆索钢架细部

对于史派克森的云朵（nuages），也是一难以解决的问题。"云朵"在史派克森，是运用一大薄片的弹性结构来呈现；莱斯则认为，如此则无法呈现"云朵"实质固体特性，而它必须是有形体、有深度的存在于冂字形建筑内，有着它实质的量体。最后他的观点也赢得执行建筑师安德鲁（Paul Andreu）的支持，由于弹性结构材料，除了要面对高空中风力所造成风洞之效应的阻力，也必须有较强而轻盈的支撑物。由于此种考量，他改用缆索钢架来支撑云朵，运用一片片帆状物来组成"云朵"的概念。另一方面，为制造轻盈的视觉效果，同时在帆布上嵌入玻璃，使观赏者可穿透整个建筑外观全貌，整个构筑工程的施工悬吊，要解决风力及支撑的张力是完成前的一大挑战。

史派克森的原始构想，是将"云朵"延伸至中央广场，

最后因支撑物的因素而作罢，
仅呈现在大凯旋门的建筑体内。
但由于"云朵"的施工技术及结
构的实验开发，使风帆的运用
概念，在建筑史中开创了一新
的里程碑。伦敦2000年开馆的
泰德（Tate Pavillon）展览馆的
设计运用即是一例。

方舟计划的建筑模型

　　拱门的设计，史派克森是
以一冂字形的正方体形状，较
接近古典形式的帕拉弟奥
（Palladio）式，而非柏拉图的式
样，远远望去，恰似一窗门的效
果；整个支架主要以六列支柱，
像合成橡胶垫的鸡蛋盒来支撑。
但因为该地基下方有着繁复的
隧道，使整个地基座无法正对中
轴线。在轴线的另一端罗浮宫也
有些微偏斜，促使新凯旋门呼应
罗浮宫的偏角，以6.5的角度，向
北偏斜。在打地基之时，密特朗
特别于工地上方，用4架直升机
来确定地基坐标，从罗浮宫上方
远眺方位的正确位置。

21 世纪巨石文化

新凯旋门，宛如秘鲁巨石文明的概念，如史派克森所言：新凯旋门象征永恒的巨石，周围环绕着"须臾变化、转瞬即逝的事物"，这也是其生前最后的设计案。当我们在这件由意大利白色卡拉拉（carrara）大理石，由产地俗称圣石（Pieta' santa）名称所构筑的建筑，拾阶而上时，如朝圣般。在拱门中央立着一碑石，有着设计师的素描及设计概念，也标示着中轴线的正确坐标。规划的想像，如达利的作品，在二度思维中蕴藏着三度空间。在作品背后，隐藏着未可见的空间——"未来"。而穿透的光线，意味着"时间"，云朵则说明"存在的事物"，或许是种期待吧！

整栋建筑重约 30 万吨，宽如香榭丽舍大道，高如巴黎圣母院。冂字建筑体分北侧和南侧，北侧为私人办公区，南侧为政府部门。由悬吊式玻璃电梯升至 110 米高

史派克森的手稿"云朵"

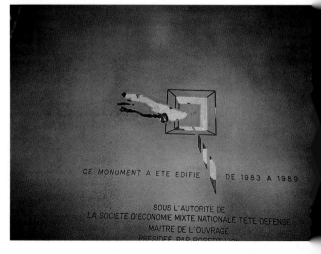

顶楼 Jeam—Pierre Raynand 的地景艺术

地下楼通往联合国儿童福利联盟总部的楼梯

的楼顶，有观景台、建筑模型馆、演艺厅、展览馆及咖啡、餐饮中心。而此处是由作家马丁·格莱(Martin Gray)推动，为人权运动而设的世界青年艺术创作中心。

大楼的底部，则为联合国儿童福利联盟总部(UNIEF)，大楼建材以钢质结构为主体，表面覆盖大理石材和玻璃。顶楼圆形广场，以艺术家 Jeam－Pierre Raynand 的作品，为地标性之地景艺术，依据建筑体，划分四等分圆周之星座图，其内有标示各星座的象征性符号。

中央广场上，有塔契（Tarkis）、塞萨尔（César）的公共艺术景观雕塑，从正前方远眺，则有红色拱般的日本桥。该桥悬于两建筑体间，高约15米。由长约100米的空中缆线构成的吊桥，主要由两段倾斜的方形拱，组成一三度空间的桥体，拱和预力钢衔接成半筒形门楼。这一设计出自日本建筑师黑川纪章的巧思，色彩则以日本惯有的红色来表现。

广场左前方之国家科技工业中心，原先规划为展览馆，1989年的"新入口处"完成后，重新规划为会议中心、旅馆、购物中心。

新入口处，则为咖啡馆、餐饮休憩中心，入口处主要以弧形抗扭钢管来取代传统的混凝土柱体，而用钢管及玻璃来呈现空间的开

新凯旋门建筑全景

展览馆之建筑及广场

阔性，这种处理和罗浮宫的金字塔结构建材基本上是一致的。在此我们可以窥见：巴黎的城市建筑，从贝聿铭的玻璃、钢骨架构的使用，逐渐蔚为风尚，而一再被引进在新建筑体中。新凯旋门与一世纪前的埃菲尔铁塔一样，为纪念法国大革命 200 周年而建，已进入新的里程，我们期待中轴线后另一新的地标的到来。